溺愛外科医と
とろける寝室事情

Natsuki & Rei

秋桜ヒロロ

Hiroro Akizakura

エタニティ文庫

目次

溺愛外科医とろける寝室事情

プロローグ

「処女かー。俺は無理だな」

その声が聞こえたのは、雨宮《あまみや》なつきがトイレから出た直後だった。

場所は、会社近くの居酒屋チェーン店。時刻は二十二時を回っていた。

ハンカチで手を拭きながら、なつきは声のしたほうを見る。視線の先にあるのは座敷席で、五、六人の男性が酒を片手になにやら盛り上がっていた。

（なんだか聞き覚えのある声……）

覗くつもりは毛頭なく、友人の待つ自《みずか》らの席に帰る際、たまたま目に入ってしまっただけ。

（え？　あれって、築山《つきやま》課長!?）

そこにいたのはなつきの会社の上司である、築山だった。

築山将志《まさし》、四十歳。

身長は高く、ジムに通って鍛《きた》えていると聞く身体は服の上からでもわかるぐらいに引き締まっている。いつも高級な腕時計と、仕立てのいいスーツを纏《まと》っている彼は、その彫りの深い顔も相まって大人の色気を常に醸《かも》し出していた。

出世頭で、来年定年退職する部長の後釜は、彼になるのではないかと噂されている。

そんな築山は当然のごとくモテる。毎年バレンタインデーには紙袋いっぱいのチョコレートをもらって帰るし、社内では艶聞《えんぶん》が絶えない。

そのせいなのか、最近離婚したらしく、築山に本気で想いを寄せる女性社員も多いのだ。

実はなつきも、その中の一人だった。

仕事以外ではあまり話したことはないが、二年前から片想い中である。

想い人を思わぬところで見つけてしまい、なつきの胸は高鳴った。

(こんなところで飲んでるんだ！　会えるなんて今日はついてるかも！　……でも、だったらさっきの言葉は築山課長が……)

築山は後輩と飲んでいるようだった。見れば、なつきの同期の男性社員もいる。

どうやら、彼らも花金《はなきん》を楽しんでいるようだった。

「じゃあ、課長はどんな女性がいいんです？　そう言うってことはやっぱり、経験豊富な人がいいんですか？」

輪の中の一人が声を上げる。彼の頬はお酒により赤く染まっており、頭は緩く左右に揺れていた。他の男たちも皆似たようなものである。もちろん築山の顔も赤い。

なつきは柱の陰に身をひそめ、想い人の声に耳を傾けた。

「何事も経験値は高いほうがいいだろう？　仕事も、恋愛もな！」

「でも、なんか経験豊富な人って過去の男の影がちらついて嫌じゃないですか？　遊んでる感じもしますしー」

「ばーか。そんな風に思うのは、お前らの経験が足りないせいだよ。大体、処女の地味女なんてつまらない奴ばかりだぞ！　うちの会社にも何人かいるが、ああいう女は嫉妬《しっと》深いし、束縛してくる奴も多いからな！」

築山の言葉に部下たちはへぇー、と感心したように頷いている。

「それに、ベッドの上で奔放《ほんぽう》に振る舞う女ほど、いい女はいねぇだろ？」

「そういうことを言ってばかりいるから、奥さんに逃げられるんですよー」

「余計なお世話だ！」

どっと笑いが起きる。

皆、お酒を飲んで相当羽目を外しているようだった。

築山も、会社での雰囲気とはずいぶん違った印象を受ける。

会社での築山はいつもクールで何事にも動じず、笑う時も優しく微笑むような人だ。

こんな風に大声を上げるところも、馬鹿笑いするところも見たことがない。

「とにかく！　俺は処女や地味女は絶対に相手しない！　付き合うなら、それなりにいい女じゃないと、時間も金も、もったいねぇからな！」

「うわー！　その台詞《せりふ》、言ってみてぇ!!」

「さすが築山課長、ぱねぇっす！」

（ど、どうしよう）

築山の台詞《せりふ》に、なつきはボディブローを食らったような気分になった。青い顔で、頬を引き攣《つ》らせている。

そうして、身をひそませた柱の陰からふらりと出ると、見つからないように気配を消しながら、とぼとぼと歩き出す。


——なつきがショックを受けているのには理由があった。

なにを隠そう、雨宮なつきは二十六歳で処女なのである。

ついでに言うと、自他共に認める地味女でもある。

性格は大人しく、フリーになった築山にアピールするどころか声をかけることも、できた試しがない。

上司に怒られれば、なにも反論できず、あわあわと頭を下げるばかりだし、嫌な同僚にはマウントを取られてばかりだ。

服装も全体的にシンプルで、色もグレーやブラウンなど無難《ぶなん》な物が多い。

恥《は》ずかしいから露出も最小限で、膝丈よりも上のスカートは穿《は》いたことがないし、化粧も薄く、髪の毛も目立たない程度にしか染めていない。

つまり纏《まと》めると、雨宮なつきは築山の求める『派手で、経験が多く、ベッドの上で奔《ほん》放《ぽう》な女性』とは真逆の人間なのである。

なつきは血の気が引いた顔で、友人の待つ席に戻った。

正面には、彼女の顔色を見て眉根を寄せる友人が座っている。

「どうかしたの？　飲み過ぎて吐いちゃった？」

なつきは無言のまま緩く首を横に振る。

そんな時、友人が呼んだであろう店員が二人のところにやってきた。

「なにかご注文ですか？」

「えっと……」

「すみません。日本酒冷やでお願いします」

友人の声を遮《さえぎ》って、なつきが声を上げた。

その様子に、友人は目を丸くする。

「ごめん、トモちゃん。やけ酒、付き合って！」

なつきの潤《うる》んだ瞳に、トモと呼ばれた友人は「仕方ないわねぇ」と笑うのだった。

第一章

冬にもかかわらず、肩を丸出しにしたオフショルダーのニットに、屈《かが》めば下着が見えてしまいそうな短さのスカート。タイツは薄く、肌の色がぼんやりと透《す》けて見えている。唯一防寒性がありそうなのは、その上から履いているニーハイのブーツだけ。

普段、下ろしているだけの髪の毛は緩く巻いてあり、化粧はいつもより数段濃かった。唇なんて、まるで血を吸った後の吸血鬼のように、真っ赤なルージュがひかれている。

築山の好みを知り、やけ酒を呷《あお》ってから一週間後。なつきは自身の格好に居心地の悪さを感じながら、道の端を歩いていた。

大きな瞳には、羞恥《しゅうち》による涙が溜まっている。

「そんなに恥《は》ずかしがらなくても大丈夫だって！　私が見立てたその服、すごく似合ってるわよ！　化粧だって、たまにはそういうのも新鮮でいいじゃない！」

道の真ん中を堂々と歩きながら、トモは励ましてくれた。

彼女もなつきに負けず劣らず派手な格好をしているが、堂々としている。

なつきは電信柱の陰に隠れながら、震える声を絞り出す。

「や、やっぱり帰る！　合コンとか無理っ！」

「えー。当日キャンセルは、さすがにまずいって！　相手の男共は別にいいとして、女の子も呼んでるんだよ？」

「それでも無理なものは無理！　しかも、こんな格好で行くなんて……」

「だから、似合ってるって言ってるじゃない」

トモの呆《あき》れたような視線を受けながら、なつきは首を横に振る。

「似合ってる、似合ってない云々《うんぬん》もあるけど、私が恥《は》ずかしいの！　トモちゃんだって、真っ裸で合コンなんて行けないでしょ？　私にとってこの服は、裸も同然なんだって！」

「いや、全然違うと思うけど……」

そもそも裸で出歩けば、恥《は》ずかしい以前に公然わいせつ罪でお縄についてしまう。

トモは電信柱と一体化しそうな友人を眺めながら、頬を掻いた。

「そもそも、なつきが『誰か私を築山課長の好みに変えてくれる人いないのー！』って嘆くから企画した合コンなのに！」

「あれは酔った弾《はず》みで言っちゃっただけで、本当はそんなこと……」

先週、やけになって浴びるように酒を飲んだ日。なつきは酔った勢いで、トモに築山のことを相談していた。

その時に飛び出したのが『誰か私を築山課長の好みに変えてくれる人いないのー！』という発言だ。

高校からの付き合いであるトモは、なんでも相談できる数少ない友人の一人。

そんな彼女が親友のために一肌脱いで、この『合コン』をセッティングしてくれたのだ。

しかし、なつきは『合コン』も『派手な服装』も苦手なのだ。

「合コンだって意識するから緊張するのよ。普通の飲み会だと思えばいいの！　なつきだって、会社の飲み会とかは普通に参加できるんでしょう？」

「まぁ……」

「それなら大丈夫だって！　ほら、行ってみたらなにかが変わるかもしれないし！」

「でも、私には好きな人が……」

もじもじと恥《は》ずかしがりながら俯《うつむ》くなつきを、トモは一刀両断する。

「その好きな人に相手にされないから、自分を変えたいって話だったんでしょう？　露出が多い服も着れない上に、合コンくらい行けなかったら、どうやっても派手な女にはなれないわよ！」

「うぐっ！」

思わず胸を押さえてしまうなつきである。

親友の言葉が容赦《ようしゃ》なく胸を抉《えぐ》る。

トモは電信柱に隠れているなつきの手を取った。

「ま、今日は自分の殻《から》を破るための第一歩だと思って参加すればいいわよ！　私もアン夕が地味すぎるの、少しもったいないって思ってたし！　ほら、足を動かして！」

「うぅ……」

そのまま引きずられるように、なつきは合コン会場に連れて行かれた。

（なんか、私だけ場違い感がすごい……）

なつきは合コン会場で、隅に身を寄せながらお酒に口をつけていた。

集まったメンバーは、やはり全体的に派手な人が多く、皆お酒の勢いもあって盛り上がっている。

なつきも格好だけはそれなりに派手だが、一人だけテンションが低かった。場の空気を壊さないように受け答えはするが、それだけである。

（お酒が美味《おい》しいのが唯一の救いだなー）

一人でちびちびとお酒を飲みながら、盛り上がる人たちをぼーっと眺める。

会場である『ＢＢ』は新宿《しんじゅく》の地下にあるお洒落《しゃれ》なバー。

なつきたちがいる個室は店の中でそこだけ少し趣《おもむき》が違い、部屋から一歩出れば大人の雰囲気漂う、落ちついた酒場になっている。

（できれば、あっちで飲みたかったな。まぁ、また今度来ればいいか）

お酒は強くないが、嫌いではない。お酒の美味《おい》しいお店を見つけられたという点に関して言えば、この飲み会も別に悪いものではなかった。

そんな風に呆《ほう》けていると、突然、誰かに手を握られた。

「雨宮さん大丈夫？　楽しんでる？」

隣に座った男性が、へらりとした笑みを浮かべる。

名前はなんだっただろうか。上手く思い出せない。

男の発する強い酒の臭気が鼻につき、なつきは思わず少し眉根を寄せた。

「雨宮さんって、こういう場所苦手なの？　よかったら二人でこの後、抜ける？」

下心丸出しの笑みに寒気を覚えながら、なつきは笑顔で「大丈夫です」とだけ返した。

握られた手をやんわりと退け、男性から少し距離を取る。

男性との触れ合いは、あまり得意なほうではなかった。こういうお酒の場では、特に。

冗談と本気の境目《さかいめ》がわからないし、上がりすぎたテンションについていけないからだ。

「雨宮さんって、染まってない感じが可愛いよねー」

「はは……。そうですかね？」

「そうそう！　食べちゃいたいぐらい！」

「はぁ」

「ちょっと！　その子あんまり男の子に免疫《めんえき》ないんだから、ぐいぐいいくのやめてって！」

見かねたトモが男性を止める。すると、男はまるで子供のように声を上げた。

「えー！　いいじゃん、別にこういう場なんだし！　無礼講《ぶれいこう》！　無礼講《ぶれいこう》！」

「無礼講《ぶれいこう》の意味、はき違えてない？」

「ははは！　トモちゃん言うことキツいー！」

「アンタが失礼すぎるのよ」

男の会話の相手がトモに移ったことを確認して、なつきは胸を撫《な》で下ろした。

（でも、築山課長の好みって、こういう場を楽しんじゃうような女性なんだろうなぁ……）

グラスの中の氷をマドラーでかき混ぜながら、なつきは築山の言葉を思い出す。

『とにかく！　俺は処女や地味女は絶対に相手しない！　付き合うなら、それなりにいい女じゃないと、時間も金も、もったいねぇからな！』

あの時の声が蘇《よみがえ》り、なつきは大きくうなだれた。

（性格なんてすぐ変えられないし、私だって好きで今まで処女だったわけじゃない……）

しかも、単に経験があるだけではダメなのだ。

築山の好みになるためには『ベッドの上で奔放《ほんぽう》に振る舞う女』にならなくてはならない。

（もうほんと絶望的かも……）

越えるべきハードルが多すぎる。

お洒落《しゃれ》や派手な行動はトモに師事すればいいが、さすがに夜のことまでは教えてくれないだろう。

しかし、処女を捨てるためにその辺の男を引っかけるなんてことはしたくないし、だからと言って下心丸出しで手を握ってきたような隣の男もごめんだ。

それに、実はなつきの脱処女のハードルは、人よりとてつもなく高い。

――体質的に……

（築山課長、諦《あきら》めないといけないのかな……）

なつきは憂鬱《ゆううつ》な気分を押し流すように、目の前にあったお酒を呷《あお》った。

「あ、雨宮さん、それ！」

「罰ゲーム用のウォッカ！」

「へ？」

声を発した瞬間、視界が歪み出す。

（これ、やばいかも……）

胃がひっくり返るような感覚を味わい、なつきは口を押さえ、慌てて立ち上がった。

そして歪む視界の中、急いでトイレに駆け込んだ。

（最悪……）

トイレの縁《ふち》に手をかけながら、なつきは口元をハンカチで拭った。

先ほど食べたものだけでなく、昼間に食べたサンドイッチまで、胃の中にあるものすべてを吐き出してしまったようだった。

にもかかわらず、まだ胃がぐにゃぐにゃと変な動きをしているのがわかる。

少しでも油断すると、また胃液を吐き出してしまいそうだ。

「なつき、大丈夫?」

戸を隔《へだ》てた向こう側からトモの声がして、なつきは顔を上げた。

「うん、大丈夫。ちょっと気持ち悪いだけだから。トモちゃんは戻ってて。私も落ちついたら戻るから」

「でも……」

なつきが合コンを楽しんでいないというのが伝わっていたのだろうか、トモの声はどことなく落ち込んでいる。

なつきは今出せる精一杯の明るい声を出した。

「大丈夫だって。吐いたらスッキリしたし、気にしないで戻ってて! すぐ追いかけるから!」

「……わかった。なにかあったらすぐに連絡しなさいよ」

「うん。ありがとう」

トモが去って行く気配を感じ、なつきは息をついた。

吐いたからか、先ほどよりはずいぶん楽になっている。酔いもすっかり醒《さ》めてしまった感じだが、だからと言ってあの会場に戻るのは気乗りしなかった。

隣に座るセクハラ男も好きにはなれないし、皆が騒いでいる場に、居たたまれない気分のまま長くいたくはない。

なつきはトイレから出ると個室には戻らず、カウンター席に座った。カウンターの向こうではバーテンダーがカクテルを作っている。

店内は暗く、足下のフットライトとカウンターを照らすブラケットだけが店内をオレンジ色に染めていた。

合コンの会場となっている個室とは、がっちりとした扉で仕切られているし、店内はこの明るさだ。隅に座っていれば合コンメンバーにバレることはないだろう。

（ちょっとだけ休んでから戻ろう……）

そう思っていると、バーテンダーがなつきを見て優しく声をかけてくれる。

「なにか飲む？　気持ちが悪いならソフトドリンクもたくさん用意しているけど」

「じゃあ、オレンジジュースください」

なつきの注文にバーテンダーは頷く。

しばらくして出てきたオレンジジュースに口をつけ、なつきは身体の力を抜いた。疲れ果てていた胃に、ほどよい酸味と甘味が染み込んでいく。

ほっと息をついた時、斜めうしろから声がかかる。

「こんばんは」

「え？」

振り返ると、そこには一人の男性がいた。

すらりと高い身長に、通った鼻筋。中性的で整った顔つきだが、輪郭はしっかりと男性のそれである。細められた目は涼やかで、全体的に爽《さわ》やかな印象を受ける。

手にはカクテルのグラスが握られていた。

「隣いいかな？　一人で寂しく飲むのも飽きちゃって」

「ど、どうぞ」

断るのもおかしいと思い頷いたところ、彼は少しも遠慮することなくなつきの隣に腰掛けた。

その瞬間、柑橘《かんきつ》系のオーデコロンの香りがふわりと香る。

「個室にいた子だよね？　こんなところで飲んでていいの？」

「実は、ちょっと戻りづらくて……」

苦笑いで答えると、彼は「そっか」と笑ってくれる。

「じゃあ、もし君が嫌じゃなかったら、戻りたくなるまで俺の話し相手になってくれないかな？　さっきも言ったように、一人で飲むのも飽きちゃって」

「……私でよければ……」

「ありがとう」

薄い、形のいい唇が緩く弧を描く。

カクテルを飲む彼の横顔を眺めながら、なつきもふたたびオレンジジュースに口をつけた。

（女慣れしてる人だなぁ……）

そうは思ったが、不思議と嫌な気分にならなかった。

彼は隣に座ってはいるものの、なつきとはそれなりの距離を保ってくれている。合コンで隣に座った男のように、強引に詰め寄ってくる雰囲気は一切なかった。

それに、彼の話すトーンは落ちついていて、聞いていると気持ちが安らいでくる。

「えっと、名前を聞いてもいいかな。俺はレイって言うんだけど」

彼はカウンターに指先で『怜』と書く。

「私は、雨宮なつきって言います。降る『雨』に、宮城《みやぎ》の『宮』。『なつき』はひらがなです。……えっと、怜さんって呼んだらいいですか？」

「好きに呼んでいいよ。ところでさ、今日は合コンでもしてたの？」

どうしてわかるのだろうと、なつきは目を瞬《またた》かせた。

なつきの驚いた表情を見た怜は、ふっと相好《そうごう》を崩す。

「あの部屋、なんだかすごく盛り上がってたからね。この店、結構防音はちゃんとしてるはずなんだけど、ドアの近くを通ったら、はしゃいでる声が聞こえたからさ」

怜はドアのほうに視線を向ける。

自分が大声を上げていたわけではないが、騒いでいたのを聞かれていたのは恥《は》ずかしい。

なつきは顔を熱くし、困りながら頬を掻いた。

「はは……うるさくしてしまって、すみません」

「謝らなくてもいいよ。うるさかったってほどでもないしね。それに、なつきちゃんは騒いでないでしょう？」

「へ？」

「合コンとか、あんまり好きそうじゃないもんね」

見透《みす》かしたような言葉に、なつきは「わかりますか？」と苦笑した。

「そうだね。皆で部屋に入っていく時も今も、『こういう場に慣れてません』って風に見えたし。……格好《ふち》はとってもセクシーだけどね」

怜はグラスの縁《ふち》をなぞりながら、微笑んでいる。

部屋の暗さも相まって、その笑みはどこか妖艶《ようえん》だ。

見入《みい》ってしまいそうになったなつきは、慌てて顔を背《そむ》けた。

魔性ななにかに魅了されてしまったかのように頬がじわりと熱くなる。

その類の熱をごまかしたくて、無理やり明るい声を上げた。

「ほんと、私ってダメですよねー。二十六歳にもなって、ああいう場が苦手とか！　本当に子供っぽいというか、地味っていうか……。自分が嫌になります……」

声と共に身体が小さくなっていく。

落ち込んだように溜息をつくなつきを見つめながら、怜は長い指で自身の顔の輪郭を撫《な》でた。

「必要に迫られてないなら、苦手は苦手のままでもいいんじゃないかな」

「でも、このままじゃ築山課長の好みには……」

「つきやま？」

ポロリと零れてしまった想い人の名前に、怜がわずかに反応する。

なつきは羞恥《しゅうち》で全身が熱くなるのを感じた。

そして、なぜか取り繕《つくろ》うように声を上げてしまう。

「あ、あの！　実は好きな人がいまして！　その人が築山っていうんですけど！　彼の好みっていうのが、私とは真逆の派手な女性みたいで……。だから、その、頑張って直したいなぁって……」

「まぁ、そういうこと言っていても、実際に好きになる女の子は純情な子って男も多いし、気にする必要はないんじゃないの？」

「そうかもしれないんですけど、問題はそれだけじゃなくって……」

「それだけじゃないって？」

そう問われて、はっとした。

自分が相談しようとしていた事柄の恥《は》ずかしさに気が付き、全身が強張る。ほんのり熱を持っていた顔が、発火しそうなほど熱くなった。

（なに『処女なのが悩みなんです』って言いそうになってるのよ！　私っ！）

なんとかごまかそうと、なつきは震える声を出す。

「あ、あの……、えっと……」

「言いたくないことなら無理に言わなくてもいいよ。俺と君は今日知り合ったばかりだしね。今日を過ぎたら、ふたたび会うかどうかもわからない関係だし」

動揺をくんだかのような優しい言葉に、なつきは胸を撫《な》で下ろす。

落ちついてきたなつきを横目で見ながら、怜は今までで一番優しい笑顔を向けた。

「でも、そういう相手って、仲の良い友人には言いにくい悩みを相談するにはもってこいだと思うよ。気兼《きが》ねがないし」

「……怜さん」

「俺もお酒を飲んでるからね。大体のことは明日には忘れちゃう予定」

だから遠慮なく話して。と暗《あん》に言われ、なつきは胸が軽くなった。

確かにこういうことを相談するのならば、男性がいいだろう。

けれど、なつきにはそういうことを相談できるような男友達はいない。

彼の言うとおりに、なつきと怜は今後会うかどうかもわからない関係だ。だから、ふたたび会った時の気まずさを気にすることなく相談できるだろう。

(相談、してもいいのかな?)

窺《うかが》うように彼を見上げたところ、怜は一つ頷いてくれる。

「あ、あの、引いちゃうかもしれないんですけど……」

なつきは消え入りそうなか細い声で、築山の好みと自分が処女であることを怜に相談したのだった。


「『派手で、経験が多く、ベッドの上で奔放《ほんぽう》な女性』ねぇ……」

話を聞き終えた怜が少し考えながら顎《あご》を摩《さす》る。

なつきは、その隣で縮こまっていた。

「やっぱり男の人って、そういうの無理な人はどうやっても無理なんですかね?」

「処女かどうかってこと?」

なつきは何度もこくこく頷く。

「どうだろうね。虚勢《きょせい》を張ってそういうことを言うだけの男もいるし、一概《いちがい》には言えないけど。でも、女性のハジメテを面倒くさいって言う人は一定数いるよ。同じように経験豊富な女性がいいっていう男も」

「や、やっぱり……」

なつきの周りの空気だけが、ずーんと重たくなる。

怜はそんなことまったく気にならないのか、平然とした顔で手元のカクテルを一口飲んだ。

「派手な格好とか、性格とかは私でも、本当にすっごくすっごく頑張ったらなんとかなると思うんです！　……でも、そういう経験だけは……」

「言い方が悪いかもしれないけど、初体験を済ませたいってだけなら、方法はいくらでもあるんじゃない？　それこそ、合コンの中で適当に男を見繕《みつくろ》うとか。なつきちゃんなら、別に苦労せずにそういう相手を見つけられると思うよ？」

「……それが、無理なんです……」

肺の空気をすべて吐き出すような溜息をつき、なつきはカウンターに額《ひたい》をつけた。

「私、男性とそういうことができない体質なんです」

「と言うと？」

「眠っちゃうんです」

「眠っちゃう？」

「そういうことをしようとすると、途中で相手が眠っちゃうんです!!」

なつきはわっと声を上げ、顔を覆《おお》った。

――そう、なつきの困った体質というのは『一緒に布団に入った人物が、必ず寝てしまう』というものだった。

「今まで何人かの人とお付き合いしたことがあるんですけど、どの人も私と同じ布団に入った瞬間、すぐ寝ちゃって！　男の人だけじゃなくって、女友達もペットの犬も猫も小鳥もハムスターも！　みんな一分もかからずに寝ちゃうんです！　修学旅行なんて、私の部屋だけ全員即寝ですよ！」

なつきの荒れた様子に、怜は目を瞬《また》かせる。

驚く彼に構わず、なつきは鼻を啜《すす》り、言葉を続けた。

その目の端には涙が光っている。

「私の体質が原因で、毎回彼氏とは上手くいかなくなって別れちゃうし。修学旅行も、高校生ぐらいから、あからさまに同じ部屋になるのを避けられて……。挙げ句の果てには『眠らせ姫』なんてあだ名までつけられたんですよ!?　……私、なにか眠たくなるような成分でも分泌《ぶんぴつ》してるんですかね」

「うーん、それはないと思うけど。でも、その原理だと、君と築山って男の人が付き合えたとしても、結局別れちゃうんじゃないの？　だったら無理して自分を変えようとか思わなくても……」

「……でも、築山課長だけは違ったんです」

「違う？」

怜はなつきの言葉を繰り返す。

彼女は頬を引き上げ、照れ笑いを見せた。

その顔は恋する女のそれだ。

そして大切な思い出を記憶から引き出し、胸に手を当て、目を瞑《つむ》った。

「去年の社員旅行で私、湯あたりで倒れちゃったんです。その時に、築山課長が部屋まで運んでくれて、私が眠るまで添い寝を——あの時の課長は本当に優しくて……。なんと築山課長は寝なかったんです！　私の隣に添い寝しながら、ずっといろいろ話してくれて……」

うっとりと息をつきながら、なつきは頬を熱くする。

怜は話を聞き、椅子の背もたれに背中を預けた。

そして、腕を組む。

「つまり、君は相手を眠らせてしまう体質で、唯一想い人にはそれが効かない。けれど、相手の女性の好みがまったく自分と合わないから困ってるってわけだ？」

「はい。というか、私の体質に抵抗できる人って築山課長しかいないのに、彼は処女がダメとか、本当に絶望的で……」

ふたたび、なつきの目尻に涙が浮かぶ。

怜はその涙を彼のハンカチで拭い、訝《いぶか》しげな声を出した。

「正直言うと、にわかには信じられないけどね。その築山って人が特別なんじゃなくて、今まで君が関わってきた人たちが例外だったんじゃないの？」

「信じてもらえないってわかってます。初めて話した人は、皆変な顔しますし。……でも、本当なんです」

彼から受け取ったハンカチを目に当てながら、なつきは声を落とす。

怜は真剣な表情で、なにかを考えているようだった。

しばらく沈黙が続き、なつきが飲み物のおかわりにウーロン茶を頼んだところで、ようやく怜が口を開いた。

「……それが本当なら、好都合だな」

「え？　今なにか言いまし……」

「あっ、雨宮さん！　いた！」

怜の呟いた声に、なつきが反応した瞬間だった。彼女の声を遮《さえぎ》るように背後から声がかかったのは。二人は同時に振り返った。

そこには、合コンでなつきの隣に座っていた男の姿がある。

どうやら、いつまで経っても帰ってこない自分を心配して探してくれていたようだった。

男は怜の存在にぎょっとしながらも、なつきの側まで歩いてくる。

「どこ行ってたの？　探したんだよ。ほら、そっちで飲んでないで戻ろう！　皆、待ってるよ」

いきなり手を取られて、なつきは目を丸くした。

ぞわぞわとした悪寒《おかん》が背中を走る。

なつきは決して男性が苦手ということはないのだが、下心を隠すことなく近付いてくる男は、どうしても警戒してしまう。

なつきは男の手をやんわりと振り払い、椅子から立ち上がり、距離を取った。

「ごめんなさい！　少ししんどくて、もう帰ろうかと思っていて……」

「そうなんだ！　それなら家まで送るよ」

「えっと……」

気分が悪いという女性を前に、嬉しそうに笑う目の前の男が信じられない。嫌悪感がじわじわと這《は》い上がってくるが、上手く断る方法が思いつかない。

なつきがまごまごしていると、ふたたび男が手を伸ばす。

しかし、その手がなつきに触れることはなかった。

触れる前に、別の男性がなつきを引き寄せたからである。

「残念。彼女は俺が送ることになってるんだ」

「へ？」

「は？」

見上げると、怜がなつきの肩をしっかりと掴《つか》んで自分のほうへ引き寄せている。

突然の行動に、なつきは言葉を失ってしまった。

「ほら、行こう」

「え？　なん……」

「いいから合わせて」

甘い声で囁かれ、反射的に頷いてしまう。

「横から取ったみたいで、悪いね。じゃ」

なにが起こっているのかわからないまま、なつきは怜に連れられて店を後にした。

しばらく、恋人のように肩を引き寄せられて歩き続けた。

十二月に入ったこの時期の街並みは、クリスマスを意識して赤や緑や白の電飾でライトアップされている。

粉雪がチラチラと舞う中、なつきはいまだに自分の肩を離さない怜を見上げた。

「あの、先ほどはありがとうございます」

「別に大したことはしてないよ。これぐらいで諦《あきら》めてくれる人でよかったね」

「あ、はい」

なつきは一つ頷いた。

――あの時、とっさの判断で怜が連れ出してくれなかったら、なつきは言われるがまま、部屋まで付いてこられたかもしれない。間違っても一夜を共に……なんてことはなかったと思うが、無理やり迫られた可能性はある。おそらく相手は行為前に眠ってしまうだろうが、心に深い傷を負っていただろう。

こうやって無事に帰れているのは、ひとえに彼が機転をきかせてくれたおかげだった。

(相談にも乗ってくれたし、助けてもくれたし。怜さんって本当に優しい人だな。最初『女慣れしてそう』とか、失礼なことを思ってごめんなさい)

つい一、二時間ほど前のことを思い出しながら、なつきは心の中でそう謝った。

初対面なのに、彼の厚意に甘えてばかりである。

「相談も聞いてもらっちゃいましたし、このお礼はいつかちゃんとしますね！　……と言っても、できることは少ないですが……」

なつきにできることと言えば、精々なにかを奢《おご》ったりするぐらいだろう。しかも、しがないＯＬの身だ。大したものは奢《おご》れない。

それでも精一杯のことはしますよ！　とやる気に満ちた瞳で訴えたところ、怜は少し驚いた表情を浮かべた後、なつきを覗き込んできた。

いきなり迫ってきた彼の顔に、なつきは狼狽《うろた》える。

「あ、あの……」

「それならさ。俺、困ってることがあるんだけど、ちょっと手伝ってくれない？」

「あ、はい！　私にできることなら、なんでも言ってください」

「……なんでも？」

「え？　……は、はい」

念を押すように聞かれて、なつきは少し戸惑いながらも頷いた。

すると、怜は口元を押さえて笑い出す。

「築山って人のことを聞いた時も思ったけど、なつきちゃんって男見る目ないでしょう？」

「えぇ!?」

「それとも、お馬鹿でお人好《よ》しなだけなのかな」

「そ、それはどういう意味ですか？」

「別に、そのままの意味だよ。ただ、ガードは堅いくせに、悪い男にはコロッと騙《だま》されそうだなぁって思っただけ。……じゃ、行こうか」

「どこに……？」

「俺の困り事、一緒に解決してくれるんでしょう？」

逃《のが》さないとばかりに、怜の手の力が強くなる。

石畳《いしだたみ》の道を照らす街灯の光が、優しいはずの彼の顔を妖《あや》しく歪ませた。

（もしかして、しくじった……？）

背中を駆け抜けた悪寒《おかん》に、なつきはぶるりと背筋を震わせた。


（なにがどうしてこんなことになってるんだろう……）

一時間後、なつきは駅前にあるホテルの一室にいた。

ブラウンと白で纏《まと》められたお洒落《しゃれ》な一室には、大型テレビと机、それとダブルベッドがある。

なつきはダブルベッドに座り、ガチガチに固まっていた。

BGMなどは流れておらず、ただ、怜がシャワーを浴びている音だけがなつきの耳に届く。

（これは……まさかお持ち帰りをされてしまったんじゃ……）

さぁっと血の気が引く。

しかし、次の瞬間思い直した。それはない、と。

怜の困り事が『性欲を持て余している』とかならあり得なくもないが、あれだけの美丈夫《びじょうふ》だ。処女で、地味で、変な体質を持っているなつきなどを相手にしなくても、掃《は》いて捨てるほど女は寄ってくるだろう。

(お持ち帰りは違うか。怜さんは私の体質についても知ってるわけだし)

怜がわざわざ、なつきを選ぶ理由がどこにもない。

「でもそれなら、この状況は一体……」

そう呟いた時、シャワーの音が止《や》んでいることに気が付いた。

背後に人の気配を感じて振り返ると、ガウンを羽織《はお》った怜がいた。

優しさと妖艶《ようえん》さを兼《か》ね備えた彼は、笑顔のままなつきの側まで寄ってくる。

そんな怜から逃げるように、なつきはベッドの端から中心まで移動した。

しかし、追い詰めるほうが速く、なつきは、あっという間に腕を掴《つか》まれて、逃げられなくなってしまう。

「つーかまえた」

楽しそうな声に、楽しそうな顔。

腕から感じる彼の体温に、なつきの胸は高鳴った。

「というか、なんで逃げるの？　まだなにもしてないのに」

「いや、怜さんがあまりにもキラキラしていたもので……」

「キラキラ？」

「万年地味子をやってる身なので、眩《まぶ》しすぎるものを見ると反射的に……」

バーの中も外も薄暗かったのでよくわからなかったが、こうして明るい所にいる怜は、控えめに言ってかなり整った顔立ちをしている。

そんな彼が、ガウンを羽織《はお》っただけの格好で目の前にいるのだ。しかも、シャワーを浴びた直後なので、せっけんのいい匂いもする。

なつきは眩《まぶ》しくて両目が潰れる思いがした。

「うーん。よくわからないけど、嫌われてはいない感じなのかな？　生理的に受け付けないとか」

「ま、まさか！　畏《おそ》れ多いだけで、そういうんじゃないです！」

「畏《おそ》れ多いって。なつきちゃんって面白いこと言うんだね」

怜は肩を揺らした。そうして口元に笑みを滲《にじ》ませたまま言葉を続ける。

「まぁ、でもよかった。あんまり靡《なび》かないものだから、嫌われてるのかなって少し不安だったから」

「靡《なび》く……？」

「うん。結構あからさまにアピールしてたんだけど、もしかして気が付いてなかった？」

「……アピール？」

ぽかんと口を開けて呆《ほう》けた表情を浮かべるなつきに、怜は「どうりで、手ごたえがないわけだ」とふたたび笑みを零した。

「じゃあ、今後のために覚えておいて。男があんな薄暗い酒場で『話し相手になって』なんて言って隣に座った時は、大体下心があるから」

「下心……？　え!?　下心!?」

ひっくり返った声を上げて、なつきは怜と距離を取ろうとする。しかし、腕はいまだに掴《つか》まれていて、彼から逃《のが》れることは叶わなかった。

近付いてきた彼の身体に、なつきは視線を彷徨《さまよ》わせる。

（し、下心って、やっぱりお持ち帰り!?　いやいや！　それはない！　やっぱりない!!）

怜はなつきの体質の話を終始疑っていた。それなのに『私と一緒にいると、皆眠くなっちゃって。だから私、処女のままなんです』なんて痛いことを言う女と関係を持とうとするのはおかしな話だ。

絶世の美女ならいざ知らず、なつきは派手な格好をしていても場慣れしていないと見抜かれるような根っからの地味女である。

固まったままのなつきを、怜はいとも簡単に押し倒す。

そして、恋人のように指を絡ませ、なつきの両手をシーツの上に縫い付けた。

「れ、怜さん!?」

どうせ一分後には寝てしまうのだろうとわかってはいても、心臓の鼓動が速くなるのは止められない。

怜の肌は、先ほどまで湯を浴びていたせいか湿り気を帯びていて、なんとも言えない艶《なま》めかしさだ。

濡れた髪の毛も、どこか淫靡《いんび》な雰囲気を漂わせていた。

なつきは腹に力を込めて声を出す。

「あ、あの、こんなことしてると眠くなっちゃいますよ!」

「眠くなりたいんだよね」

「へ?」

「俺、不眠症なんだ」

突然のカミングアウトに、なつきは言葉を失う。

呆然《ぼうぜん》とする彼女を組み敷いたまま、怜は言葉を続けた。

「実は、今日で三日寝てなくてね。それをなつきちゃんに助けてもらいたいんだ」

その言葉を裏付けるように、よく見ると怜の目の下にはうっすらと隈《くま》ができている。

なつきは強張っていた身体の力を抜いた。

（怜さん、私の体質の話、信じてたんだ）

『眠らせてほしい』と言うのだから、そういうことだろう。

一瞬でも、もしかしてお持ち帰り……なんて思ってしまった自分が恥《は》ずかしかった。

「えっと。つまり私は、自分の体質を利用して怜さんを眠らせればいいんですか？」

なつきが首を傾げると、怜も首を横に倒した。

「うーん。半分当たりで、半分外れかな」

怜は手のひらで支えていた身体を肘《ひじ》で支えはじめる。身体同士の隙間を埋めるように、ぴったりと重なった。

布越しに体温を感じ、なつきは緊張で身体を硬くする。

「俺は正直、君の体質を信じてない。だけど、試してみようかなぁとは思っている」

「……つまり？」

「君と五分間このまま添い寝して、俺が眠ったらなつきちゃんの役割は終了。だけど、俺が眠らなかったら、もう一つの方法に協力してもらおうかなって」

「もう一つ、とは……？」

「えっち」

「は？」

「セックス」

「はいぃ!?」

なつきは跳び上がる。

渾身《こんしん》の力で怜の腕から逃げ、ベッドの隅に移動した。

しかし、その先は壁になっている。

怜はなつきを追い詰め、腕と壁の間にすっぽりと閉じ込めた。

「なんでそんなにびっくりするの。さっき『下心がある』って言ったじゃないか」

「いや、まさかそっちの『下心』だとは思わなくて！」

「それ以外の『下心』ってなに？　逆に気になるんだけど」

怜は、くつくつと喉の奥で笑う。

彼の余裕綽々《しゃくしゃく》な笑みを見上げながら、なつきはできるだけ背中を壁にくっつけて距離を取った。

「そ、そもそも！　どうして不眠症をなんとかすることが、そういうのに繋がるんですか!?」

「なつきちゃんが処女なのは知ってるけどね。俺はそういうのも、美味《おい》しく頂けちゃうタイプだし」

「そんなことは今聞いてないです！　私は、なんでそういう行為をすることが不眠症解消と繋がるのかって話を……っ!?」

狼狽《うろた》えるなつきを見下ろしながら、怜は困ったように微笑んだ。

「実はね。女性と身体を重ねれば、その後は多少は寝れるんだ。……と言っても、二、三時間連続で睡眠が取れるぐらいだけど」

「二、三時間？」

「そう。たいしたことないでしょう？　でも、これをしないと大体一時間おきに目が覚める。酷い時は三十分かな？　もっと酷い時はここ数日みたいに一睡もできない。自然入眠も、運動も、薬も、全部効かなくなった最後の手段がこれ。どう？　協力してくれない？」

怜の口調に必死さはないが、それが本当なら大変なことである。

三十分おきに目が覚めるというのは想像しただけで頭が痛くなってくるし、まったく眠れないのなんて論外だ。

怜の話を聞き、なつきは、はっと顔を上げる。

「もしかして、今日はそういうことをする女性を探しに、あのバーに行っていたんですか？」

「ん、まぁね。あんまり多用はしたくない方法なんだけど……」

恋人はいないからね。と笑う怜に、なつきは視線を彷徨《さまよ》わせた。

怜の不眠症のことは大変だと思うし、助けてあげたいとも思う。

自分のこの体質がなにかの役に立つだなんて思っていなかったから、求められただけで嬉しいとさえ感じてしまう。

けれど万が一、億が一、怜が『寝ないほうの人』だったら……

その可能性が頭をよぎり、なつきの頬はじわじわと熱くなっていく。

「えっと……」

「別にこれからずっと付き合えってわけじゃないし、今晩のことをネタに脅《おど》そうと思ってるわけでもないよ？　本当に一夜限り。ワンナイトラブ。それに、なつきちゃんだって俺が寝なかったほうがチャンスなんじゃない？」

その瞬間、怜の長い指がなつきに触れる。

髪を耳にかけただけなのに、緊張で強張っていた身体は大きく跳ねてしまった。

「――っ！」

「俺なら、優しく教えてあげられるけど……」

そう耳元で囁かれて、体温が一気に上昇する。

あまりの熱に、脳が溶けるような心地がした。

囁かれた耳を押さえながら、なつきは必死で顔を繕《つくろ》った。

「私が、どっちも協力できないって言ったらどうするんですか？」

「完徹四日目に突入かな？　身体もしんどくなってきたし、そろそろ倒れる頃合いじゃないかな」

その言葉は、なつきに罪悪感を抱かせた。

（怜さんが寝ない人なわけないんだし、添い寝ぐらいなら……）

そう思いつつも、心の片隅で彼が寝ないことを危惧《きぐ》する自分もいた。

チャンスであり、ピンチであるこの状況に、なつきの心は揺れる。

しかし、辛そうな怜を前に、とても『ＮＯ』とは言い出せなかった。

「どう？　俺の睡眠薬になってくれる気はない？」

その優しい微笑みに、なつきはゆっくりと一つ頷いた。

「じゃ、まずは添い寝からだね」

怜はそう言い、布団の中でなつきを抱きしめた。

向き合うのは恥《は》ずかしいというなつきの希望により、うしろから抱え込まれるような形で身体を密着させている。

布団に入るということで、なつきは先ほどシャワーを浴びてきた。

怜とお揃いのガウンが気恥《は》ずかしく、なんだかそわそわと落ち着かない。

「さっきは適当に五分って言ったけど、そのぐらいでよかった？」

「いえ。五分で十分《じゅうぶん》だと思います。普通は一分もかからずに寝ちゃうので」

「そっか。でも念を入れて十五分間目を瞑《つむ》ってみようか。それでダメなら、もう一つの方法だね」

「わ、わかりました」

もう一つの方法、その言葉に声が引き攣《つ》った。

なつきは暴れ回る心臓をガウンの上からぎゅっと掴《つか》む。そして目を閉じ、深呼吸をした。

自分が落ち着かなければきっと怜も落ちつくことができないだろうという、彼女なりの心配《こころくば》りである。

（大丈夫、すぐに怜さんは寝る！）

今まで、彼氏から同級生、さらには友人のペットまで寝落ちさせてきた。通用しないわけがない。

それから十五分間、なつきは目を閉じたまま怜が眠りに落ちるのを待った。

――しかし……

「怜さん、寝てませんよね？」

「うん。寝てはないかな」

怜は一向に寝る気配を見せなかった。

返ってきた声も、先ほどと同様元気だ。

なつきはぐるりと身体を反転させると、怜の顔を見上げた。涼しげな瞳は、じっとなつきのことを見つめていた。

「……もしかして、ずっと目を開けてました？」

「いや、瞑《つむ》ってたけど。というか、なつきちゃんの体質って俺が目を瞑《つむ》っていようが開けていようが関係ないって話じゃなかった？」

「そ、そうなんですけど……」

なつきは視線を彷徨《さまよ》わせた。正直、こんな状況は初めてで、どうしたらいいのかわからない。

狼狽《うろた》えていると、怜の手のひらがなつきのガウンの合わせ目からするりと入ってきて、背中をくすぐった。

「ひゃ！」

「それじゃ、もう一つの方法に協力してもらおうかな？」

どこか楽しそうに怜は笑う。指で円を描きながら背中を撫《な》でられて、なつきの肩は跳ね上がった。ゾクゾクと背中をなにかが駆け上がり、思わず怜に縋《すが》りつく。

「ん。大丈夫。優しくしてあげる」

まるで子供をあやすように声を落とし、怜はなつきの額《ひたい》にキスを落とした。

そこから熱が生まれて、一瞬で全身の血液が沸騰《ふっとう》しそうになる。

背中をまさぐる手のひらに、なつきの身体は小刻みに反応した。

(こ、このまま私、一線越えちゃうの⁉)

未体験な事柄に挑む恐怖と、優しい手のひらから感じる少しの安堵《あんど》。

そして、胸の奥からせり上がるわずかな興奮。

いろいろな感情がせめぎ合い、頭が混乱した。

しかし、嫌ではなかった。

なつきとしても処女は捨てたいと思っていたのだ。

しかも、怜なら初めてのなつきに合わせて、きっと優しくしてくれるだろうという確信もある。

けれど――……

(でも、私と一線越えても怜さんって二、三時間しか連続で寝られないんだよね……)

なつきが知る限り、自分の体質で眠りについた人は八時間以上余裕で寝てしまう。普段睡眠が短いと言っていたトモだって、なつきと一緒に寝れば、目覚まし時計の音に気付かないぐらい熟睡している。

それならば、怜だって自分の体質によって眠ったほうがいいだろう。

そのほうが、ゆっくり睡眠が取れるのかもしれない。

なつきは、そう考えた。

「ちょ、ちょっと待ってください！」

いつの間にか首筋に顔を埋《うず》めていた怜を、渾身《こんしん》の力で押しのける。

怜はびっくりしたように目を瞬《またた》かせていた。

「もう十分《じゅっぷん》、時間をください！　頑張って怜さんを寝かせてみせるので！」

「……十分《じゅっぷん》でも、三十分でも、いくらでもどうぞ」

ふっと、困ったような笑みを浮かべて、怜は身体を離してくれた。背中を撫《な》でる手も、ガウンから引き抜かれる。

離れていってしまう熱が、少し寂しかった。

そんな感情を追い払うように頭を振って、なつきはぎゅっと怜の手を握った。

そして、温めるように息を吹きかけ、摩《さす》る。

「なにをしてるの？」

怜は不思議そうな声を出す。

「前にテレビで専門家の人が『眠れない時は手足を温めるといい』って言っていたので、温めてるんです！　怜さんは目を瞑《つむ》っていてくださいね。気持ちも身体もリラックスさせてください。すぐに眠たくなると思うので！」

「……必死だね」

「だって、寝られないのって辛いじゃないですか。私には不眠の経験はないですけど、一日徹夜しただけで辛いですもん。だから、怜さんはもっとしんどいんだろうなぁって」

「俺のため？」

「他になにがあるんですか？」

なつきが首を傾げたところ、怜は大きく目を見開いて固まっていた。

「私の体質で眠った人って、眠りが深いみたいなんです。だから……」

はー、と手のひらに息を吹きかけると、頭上で怜が笑う気配がした。

見上げると、眉根を寄せつつも口元には笑みを浮かべる彼の姿。

「なんか、最高に悪いことをしている気分だ」

「……よくわからないです」

「俺は、君の処女を捨てたいっていうのにつけ込んで、自分のために君をいいようにしようとしてるんだよ？　よくそういう男の身を案じられるよね」

「だって、それは……」

その指摘に、なつきは言い淀《よど》む。

怜は自分だけがエゴによって行動しているように言うが、なつきにも下心がないわけではないのだ。

怜は冷静な瞳でなつきを見つめる。

「本当は嫌なんでしょう？　だから『もう十分《じゅっぷん》時間がほしい』なんて言ったんじゃないの？」

「ち、違いますよ！　時間がほしいって言ったのは、怜さんに私の体質で安眠してもらいたかったからで、怜さんとそういうことをするのが嫌ってわけじゃ……」

「好きな人がいるのに？」

「……好きな人がいるからです」

恥《は》ずかしくて瞳が潤《うる》んだ。

好きな人がいるのに、他の男性と身体を繋げるのは平気なのかと咎《とが》められたような気分だ。

なつきだって、処女を捨てられるなら誰でもいいと思っていたわけじゃない。だけど、怜にはそう見えてしまうのも頷ける。

俯《うつむ》いたなつきの顔を怜の手が優しく上げさせる。

そして彼は、申し訳なさそうに眉尻を下げた。

「ごめん。今の質問は意地悪だったね。なつきちゃんだって、そりゃ最初は好きな人がよかったよね」

目尻に溜まった涙を吸い取るように口づけられる。

なつきが摩《こす》っていた手を引き抜かれ、肩を掴《つか》まれた。

そして、そのまま両肩を押さえつけられ、押し倒された。

「優しくするね。本当に優しくする」

「えっと……」

「ごめん。もう自然には寝られないかも」

怜はぴったりと身体を密着させてくる。すると、なつきの太腿に硬いなにかが当たった。ぐりっ、と太腿の柔《やわ》らかいところを押すそれに、なつきも見当がついた。

「――っ！」

「いい？」

耳元で囁かれる声に、なつきは頷く代わりに彼のガウンをぎゅっと握りしめた。

怜は肩口に顔を埋《うず》め、ちゅ、ちゅ、と首筋に口づけをする。

そのたびになつきの身体は強張り、怜をぎゅっと抱きしめた。

「嬉しいけど、そんなに抱きしめられたら動けないよ」

「だって……」

なつきは泣きそうな声を出し、唇を噛みしめた。

初めてのことなので、どうするのが正解かわからないのだ。

身体を硬くしていないと、ちょっとの刺激で跳ねてしまいそうになるし、あられもない声が出てしまいそうになる。

なつきの表情で理解したのか、怜は長い指でなつきの唇をなぞり、安心させるように微笑んだ。

「そっか、なつきちゃんは初めてだもんね。じゃ、ゆっくり教えながらいくよ」

「お願いします」

律儀《りちぎ》に頭を下げるなつきに怜はふっと笑い、額《ひたい》同士をぴったりとくっつけた。

「まず、キスからしてみようか。なつきちゃん、キスの経験は？」

「少し……」

「ん、そう。じゃあ、どのくらい慣れているのか確認」

まずは唇を合わせるだけのキスだった。

小鳥が、えさを啄《ついば》むような優しいキス。

なつきは怜に応《こた》えるように、何度も唇を差し出した。

「ん。これぐらいは余裕だね。じゃあ、次はどうかな」

「んっ」

唾液が混ざり合うような深いキスが落ちてきた。

唇の柔《やわ》らかい感触が、先ほどよりもしっかりと伝わってくる。

まるで味わうように何度も吸われて、甘く噛まれた。

そのたびに鼻にかかった声が漏れてしまう。

「んっ、ぁ」

「これぐらいで音《ね》を上げてたら、先がもたないからね。頑張って」

怜は頤《おとがい》を掴《つか》み、なつきの口を開かせた。そして、次は舌をねじ込んでくる。

「あっ、や……」

怜の舌は、なつきの口腔《こうこう》をかき混ぜた。

舌と舌が絡まり、くちゅ、という卑猥《ひわい》な音が耳に届く。

搦《から》め取られた舌はいつの間にか怜の口内に誘い込まれていて、お互いの唾液を交換するかのようにうごめいた。

「ん、んん、ぁ……」

「ほら、もうちょっと大きく口を開けて。舌を出して」

蕩《とろ》ける声になつきは従い、口を開けて舌を出した。

「ん。いい子」

怜は妖しく微笑み、自身の上唇を舐《な》める。

そして、まるで食べるようになつきの唇に噛みついた。

歯は立てていないけれど、激しく舌を吸い、口の中を味わっている。

「んっ、んんっ、ぁ、あぁっ」

最初のキスのように応《こた》えることなどできなかった。

ただただ翻弄《ほんろう》され、呼吸だけはしようともがく。

怜はそんな乱れていくなつきを見ながら、楽しそうに目を細めていた。

「……なつきちゃん、可愛いね。あんまりにも可愛いからいじめたくなっちゃうけど、今日はダメだね」

「れい、さん……？」

「優しくするって言ったからね。約束は守るよ」

とろりと蕩《とろ》けた顔をするなつきに、怜は喉仏《のどぼとけ》を上下させた。

怜はなつきの身体に指を這《は》わせ、ガウンを開いた。

そして、ブラジャーの真ん中を人差し指で持ち上げる。

「これ、邪魔だね。取るよ」

そう宣言するや否《いな》や、手をうしろに回し、あっという間に下着のホックを外してしまう。

人より少し小さめな二つの丘が、白い大地の上で大きく揺れた。

「ひゃっ！」

いきなり晒《さら》してしまった両胸を、なつきは必死に隠す。

心臓がこれでもかと跳ね回り、胸を突き破ってしまうかというほどだ。

怜はなつきの手をやんわりとどかし、なつきの胸を手で揉みしだいた。

「ん」

「柔《やわ》らかい」

率直な感想に、顔から火が噴き出そうだった。

怜は揉むと同時に爪を立て、赤い先端を引っ掻く。

そのたびになつきは、あられもない声を上げた。

「あ、あ、あぁ」

気が付けばもう片方の乳房は怜に吸われていて、それがまた快感を呼び起こす。

下半身がじゅくじゅくと熱を持ち始め、なにかがどろりと零れ出るような感触がした。

「うん……」

「ほら、下着の上からでもわかるぐらい悦《よろこ》んでるよ」

怜の指が、下着の上からなつきの秘所を撫《な》でた。

「はぁう！」

初めての刺激に、なつきは首をすくめ、腰を引いた。

しかし、逃がさないとばかりに怜は腰を掴《つか》み、自《みずか》らのほうに引き寄せる。

そしてなつきの脚を割り、身体を滑り込ませた。

「本当になにも知らないんだね。ここを自分で触ったこともないの？」

「ない、です」

下着の上から怜は、何度もなつきの下の口を指で擦《こす》った。

ピリピリとした刺激が、電流のように全身を駆け巡る。

なつきは変な声が漏れないようにと自分の口を押さえたまま、必死にその刺激に耐えていた。

「ん、んん、ん……」

「その割には感度がいいみたいだね。びちゃびちゃだ」

怜はなつきのそこから手を離し、彼女に見せつけるように広げてみせる。

指と指の間には透明な糸の橋が架《か》かっていた。

このどろどろの粘着質な液体が自分の身体から出たのだと信じられず、なつきはぎゅっと目を瞑《つむ》った。

激しくはない行為だが、優しすぎて逆に卑猥《ひわい》に感じてしまう。

「下着がぐちゃぐちゃだね。もう脱ごうか。意味ないし」

「や、やだ！」

未知への恐怖に、なつきは両手で下着を押さえた。

潤《うる》んだ瞳を怜に向けたところ、彼は額《ひたい》に唇を寄せた。

「ん、じゃあ、穿《は》いたまましようか」

怜は下着を横に避け、そこから指を差し入れてくる。

彼の指は、くすぐるようになつきの入り口を撫《な》でた。

なつきはシーツを掴《つか》み、首をいやいやと振る。

「ちが、そういうことじゃ……」

「わかってるよ。なつきちゃんは下着を脱ぐのが嫌ということじゃなくて、これ以上進むのが怖いってことだよね」

なつきは何度も頷いた。

このままでは自分も知らない自分が姿を見せて、身体を乗っ取られてしまいそうだった。

あられもない姿を晒《さら》し、上げたくもない声を上げてしまう。

「でも、ごめん。それは無理」

「や……」

ちゅく、と指の先が割れ目の中に侵入してくる。

まだ入り口のところで、彼は何度も往復させた。

「ごめんね」

「や、ぁ、あ、あぁ……」

頭の芯が熱くなり、なつきは抵抗できなくなっていた。

脚にはもうあまり力が入らないし、シーツをきつく掴《つか》んでいた手も、今では開いてしまっている。

「やぁん。こわい……」

「なにが怖いの？　俺？」

なつきは首を横に振った。

生理的な涙が瞳に浮かぶ。

「いっぱい変な声が出ちゃうから――っ！　ひゃぅんっ」

怜の太くて長い指が、遠慮なくなつきの中に入ってくる。

ずんずんと進んでくる中指に、なつきは腰を上げた。

「や、だから。れいさぁ……んんっ！　ぁん！」

「ん。声、いっぱい出していいよ」

長い指が一本、最奥まで入る。そして、ぐりぐりと内壁を撫《な》でられた。

そのままゆっくりと出し入れを繰りかえす。

「しっかり慣らさないとね。痛いのは嫌でしょ？」

「あ、あぁ、ああ、ぁ」

少しずつ秘園が広げられ、もうなにも考えられなくなっていく。

「すごいね、もうトロトロだ。これなら、すぐに二本目の指を入れられるかな？」

「うあっ……」

今まで誰も迎え入れたことのない隘路《あいろ》を押し広げられ、なつきの息は詰まる。

しかし、撫《な》でられているうちに、圧迫感も痛みも少しずつ消えていく。

その後からやってくるのは、なにも考えられなくなるほどの浮遊感だ。

これが快感というやつだろうかと、なつきは頭の隅で考えていた。

「中は確かに狭いけど、こんなに感じるなんて。意外にえっちなんだね、なつきちゃんは」

「ちが……。これは、怜さんが……あっぁ……」

「俺のせい？　それなら、なおさら嬉しいね」

怜はなつきから指を引き抜き、ガウンを脱いだ。

均整の取れた筋肉質な肉体が露《あら》わになり、なつきの視線は、思わず釘付けになる。

「なつきちゃんって、やっぱりえっちだね」

視線に気が付いた怜が、冗談っぽくそう言う。

なつきは両手で顔を隠し、「ご、ごめんなさい！」と声を上げた。

「冗談。いいよ見て」

なつきの顔を覆《おお》う両手を取り、怜は自分の胸に這《は》わせる。

「これが今から君を抱く男の身体だよ」

触れた肌の感触に、全身から火が出そうになった。

怜はショーツ姿のなつきを、ぎゅっと抱きしめる。

「あったかい……」

なつきの染み入るような言葉に、怜は笑みを零した。

「どう？　少しは安心した？　人の体温っていいものだよね」

「……怜さんって、優しいですよね」

「優しく抱くって約束したからね」

約束をしていなくても、怜はきっとなつきを優しく抱いてくれただろう。

そう思えるほどに、彼の行動は一つ一つが温かい。

「あと。これからは優しくできないから、今のうちに優しさを堪能《たんのう》しといて」

「え？」

「三本目の指が入ったら、最後までするから」

怜はなつきから身体を離し、膝を立てさせた。

そして、その間に顔を埋《うず》め、ショーツの上から秘所を舐《な》める。

「ひゃっ！」

「やっぱり邪魔だね。取るよ」

怜はなつきのショーツを取り払い、ふたたび脚の間に顔を埋《うず》めた。

「や、やめ……」

「やめない」

茂みをかき分け、怜は舌先を中心に埋《うず》めた。

「あぁっ！」

そのまま指と一緒に、中をぐちゃぐちゃとかき混ぜ始める。

先ほどまでの気遣いとは無縁な行為に、なつきは怜の頭を掴《つか》んで首を振った。

「や、はげし、あぁっ、あっ、ぁんっ」

怜は無言で蜜壺を攻め立てる。

じゅっじゅっ、と蕩《とろ》け出た液体を吸われ、なつきの羞恥《しゅうち》は最高潮に達してしまう。

「はずか……やぁっ！」

曲げられた二本の指が内壁のいい所にあたり、なつきの身体は跳ねた。

首を反らして快感を逃《のが》すと、彼女の足元で怜が笑う。

「ここがいいんだ」

その低い声に、背筋が粟立《あわだ》った。

知られてはいけない人物に、己の秘密を知られたような危機感が全身を包む。

「あ、あぁ……」

「とりあえず、一回イッておこうか」

妖しく笑う怜は、そのままそのいい所を重点的に攻めだした。

押して、撫《な》でて、かき混ぜて、引っ掻く。

卑猥《ひわい》な水音と翻弄《ほんろう》されるなつきの嬌声《きょうせい》だけが部屋に響き渡る。

「あぁっ、あ、やぁ、あんっ」

「もっと刺激がほしいの？　腰が動いてるよ」

「あぁ……」

恥《は》ずかしくて顔を覆《おお》いながら、なつきは喘《あえ》いだ。

びちゃびちゃになったシーツが冷たく臀部《でんぶ》を濡らす。

「あぁ――！」

怜の唇がなにかを吸った瞬間、なつきの視界が真っ白になった。

全身が一瞬にして強張り、身体が小刻みに震えた。

達したのだ。そう理解して間もなく、なつきの意識は深い暗闇に落ちていってしまった。


なつきが目覚めた時には、もう太陽が高く昇っていた。外では早朝を告げるように小鳥がさえずっている。

身体を起こし、部屋を見渡す。見覚えのない部屋に、なつきは首を捻《ひね》った。

「あれ、ここ……どこだっけ……？」

呟いた直後、隣から規則正しい寝息が聞こえてきた。その音につられて、なつきは隣を見る。そうして、固まった。

なつきの隣には半裸で眠る、美丈夫《びじょうぶ》がいた。窓から差し込む日の光を浴びて、色素の薄い茶色の髪の毛がキラキラと輝いている。

「ん」

気持ちよさそうに寝返りをうつ彼の身体は、細いながらも筋肉質だ。

それを見た瞬間、なつきは昨夜の情事を思い出す。

一瞬にして頭の中を埋め尽くすピンク色の思い出に、彼女の頬はボン、と赤く染まった。

(き、昨日は……、あっ！ 私、途中で気を失っちゃったんだ！)

なつきの身体にあまり違和感はないし、怜もボクサーパンツは穿《は》いたまま寝ているので、意識がない自分を彼が無理やり……ということはなかったようだった。

なつきは彼の髪を梳《す》く。

さらさらの髪の毛はなつきの手から落ち、頬を滑っていった。

そうやって触っても起きないぐらいに、彼は熟睡しているようだった。

「怜さん、ちゃんと寝れたんだ。よかった」

結局、先になつきのほうが気絶してしまったので、彼が自分の体質によって寝たのかわからない。けれど、どちらにせよ彼は安眠できたのだ。その事実が嬉しかった。

なつきは怜を起こさないようにベッドから下りると、シャワーを浴び、帰り支度を始めた。

最後までできなかったので心残りがあるものの、彼ははっきりと昨夜『ワンナイトラブ』だと宣言していたのだ。きっと次はない。

（今まで男性と同じ布団にも入れなかった私が、ここまでできただけでも、一歩前進よね。それに――……）

「怜さんが寝れたなら、いいか」

なつきはほっこりと笑い、「おやすみなさい」と囁いて部屋を後にした。

第二章

怜と一夜を共にして一週間が経った。

なつきはあの日の思い出と経験を胸の中にしまい込み、いつもどおりの日々を過ごしていた。つまり、会社と自宅を往復するだけの味気ない毎日だ。

怜のことをまったく考えないわけではないのだが、彼を思い出すと、それと一緒に熱過ぎる夜のことを思い出す。変に思い出して身体が疼《うず》いてしまったら、どうすればいいのかわからない。怜にはもう会うことはないのだし、なつきは一人で疼《うず》きを鎮《しず》める方法を知らないのだ。

それでも、朝起きた時にいつも、『怜さん、今日はちゃんと寝られたかな』と無意識に考えてしまう。

今日もいつもどおりに、弁当の入った大きな鞄を肩にかけ、なつきは会社に出社した。

「あ、雨宮さん。おはよう！」

出社してすぐ、会社のロビーで自分の名を呼ぶ声がして、なつきは振り返る。見ると、同じ部署の先輩である濱本《はまもと》絵梨《えり》がそこにいた。

絵梨は足早に近付いてきて、気さくな笑顔をなつきに向ける。

「今日も早いのね。もう少しゆっくり来てもいいのに」

「おはようございます。なんだか始業ギリギリっていうのが怖くって、いつも早く来ちゃうんです」

「本当に雨宮さんは真面目ね。まぁ、そこがいい所なのだけれど」

絵梨はなつきの頭を、ぽんぽんと優しく叩いた。

築山と同期である絵梨は、年齢を感じさせない美貌《びぼう》と活力に溢《あふ》れていた。背筋は常にピンと伸びており、すらりとした手足はまるでモデルのように長い。髪の毛はいつも綺《き》麗《れい》にブローされており、化粧は彫りの深い顔立ちに合う、はっきりとした色合いを選んでいる。

そんな彼女は、三人の子供の母でもある。

なつきは絵梨と仕事のことなどを話しながら、一緒にエレベーターを待っていた。

その時、受付に座る女の子の「あ、築山さん。おはようございます！」という弾んだ声が聞こえてくる。振り返ると、頬を桃色に染める彼女の前に簗山の姿があった。

受付の女の子と楽しそうに言葉を交わす彼は、壮年特有の渋さと色香を纏《まと》っている。あの日、飲み屋で見た簗山とは、まったく違う爽《さわ》やかさだ。

彼は受付の女の子となにやら話した後、顔を上げる。そうして、なつきたちのほうを見て手を挙げた。

「おはよう、濱本！　雨宮さんもいたんだ。おはよう」

絵梨のついでといった感じに声をかけられて、なつきは嬉しい反面、少し落ち込んでしまう。やはり自分は彼の視界に入っていないのだと痛感し、肩がどっと重たくなった。

なつきが「おはようございます」と無難《ぶなん》に返したところ、簗山は微笑んで絵梨との間に割り込んだ。どうやら一緒にエレベーターを待つようである。

触れ合った肩から簗山の体温を感じ、なつきの身体は強張る。心臓の鼓動がいつもより速い。

緊張するなつきをよそに、簗山は絵梨とばかり話す。なんだか居心地が悪くて小さく溜息をついたその時、急に簗山がなつきの肩に触れた。

「雨宮さん、肩にゴミがついてるよ」

「へ？」

「おっちょこちょいなところもあるんだ」

目を細めて笑う彼に、頬が熱くなる。

「――っ！」

「お？」

「あ、あ、ありがとうございます！　私、今日は階段で行きますね!!　それではっ！」

恥《は》ずかしさが頂点に達したなつきは、鞄を抱きしめ、その場を後にした。

（は、話しかけられちゃった！　話しかけられちゃった！　話しかけられちゃった!!）

足を止めることなく、なつきは熱くなる頬を鞄で隠す。

（今日は、もしかしたら最高の一日かも!!）

階段を駆け上がるなつきの顔は、だらしないほど緩んでいた。

なつきは、その日一日を上機嫌で過ごした。

キーボードを叩く手は軽やかだし、上司に嫌な仕事を押しつけられても怖いぐらいに笑ったまま、二つ返事でＯＫしてしまう。

そのおかげか、仕事はいつもより早く片付き、久々に定時で帰れそうだった。

（やっぱり今日はいい日かも！　築山課長様々！）

なつきは壁に掛かっている時計を見ながら、笑みを深めた。

終業時刻が近付き、今日の分のタスクが終わったので明日の分に手をつけていた時だった。スマホにトモからのメッセージが届いていることに気が付く。

アプリを開くと、トモらしい簡潔なメッセージが飛び込んできた。

『なつき、今日暇かな？　先週のお詫びをさせてくれない？　奢《おご》るからさ！』

トモはどうやら先週の合コンの件を、ずっと気にしているようだった。

どうやらあの隣に座っていた男は、怜のことを皆に話さなかったらしい。狙っていた女の子が目の前でかっ攫《さら》われたのが悔しかったのか、あの合コンでなつきは気分を悪くして一人で帰ったことになっていた。

「さすがに、トモちゃんにはちゃんと話したほうがいいよね」

自分のためを思って企画してくれた彼女に隠すのは忍びない。

なつきは彼女のメッセージに、『奢《おご》らなくてもいいよ！　私も話したいことがあるから、一緒に飲もう！』と返したのだった。

なつきがメッセージを受け取ってから二時間後、二人の姿は『BB』の個室にあった。

そう、あの合コン会場である。

本来ならば大人数用の部屋なのだが、予約が入っていないということで、店の人は快く貸してくれた。長細い部屋の壁際には大きなソファーがぴったりとくっついている。

二人はそこに並んで座っていた。

あまりいい思い出はない場所だが、あの時飲んだ美味《おい》しいお酒をもう一度飲みたくて、なつきがここを指定したのだ。個室を選んだのは、万が一、怜がこの店を訪れても鉢合わせしないためである。

会いたくないわけではないが気まずいし、なにより向こうも嫌がるだろう。

なつきは頼んだカクテルで唇を湿らせつつ、一週間前の出来事をトモに話していた。

「はぁあぁ!? 男にお持ち帰りされた!?」

「ちょっと声大きいって!」

声を荒らげたトモに、なつきは人差し指を立てた。

防音の効いた部屋だが、部屋の前を通る人には聞こえるのだ。

そのことは一週間前の出来事で、知っている事実である。

「だって、一大事じゃない! というか、なんでそんな大事なこと黙ってたのよ!

一昨日《おととい》だって電話したのに!」

「だって、恥《は》ずかしかったし。できれば直接話したかったし……」

赤くなって俯《うつむ》くなつきを見て落ちついてきたのか、トモはソファーに座り直し、膝の上に肘《ひじ》をついた。

「はー。でも、アンタがそんな大胆な行動に出るとはね……」

「行動に出たというよりは、気が付いたらそういう事態になってたってのが正しいんだけどね……」

「それでも驚きよ」

トモはつまみにと頼んだ枝豆に手を伸ばす。

「でも、なんか惜しいことしちゃったのね」

「惜しいって……」

「だって、処女捨てられる大チャンスだったんでしょう？　しかも、超イケメンと！　なかなかないわよ。そんなチャンス！」

先ほどのことを反省しているのか、トモの声は小さい。

なつきは困った笑みを浮かべながら頬を掻いた。

「まぁ、そうかもしれないけど。でも、怜さんがぐっすり寝られたなら、それでよかったかなぁって……」

「アンタって、そういうところあるわよねぇ」

「そういうところ？」

意味がわからないと首を傾げると、トモは枝豆のサヤをなつきに向けてくる。

「底抜けのお人好《よ》しってこと。なつきって、いつも自分より他人を優先するじゃない？　友達と好きな人が被ったら身を引いたり、大学の時だって自分の課題もあるのに困ってる友達の課題を一緒にやってあげたり。お人好《よ》しすぎて、マジで損してるレベル！　学生時代、私、心の中で密かにアンタのこと『聖人』って呼んでたわよ！」

「そ、そんなことないよ！　私だって、少しはがっかりしてるし！　……でも、怜さん本当に大変そうだったから、役に立てたならよかったなぁって。私の体質が役に立ったかは、わからないんだけどね。全然眠そうにしてなかったし、単に調子よく眠れただけかも……」

「その怜さんとやらに、もう連絡取らないの？」

「連絡先を交換したわけじゃないし。それに、最初にはっきりと『一晩だけ』って言われてるから、仮に交換していたとしても急に連絡を取ったりしたら怜さんも困っちゃうと思うよ」

「残念。……あ、でも、この店で待ってたら会えるかもよ！」

「会っても私からは話しかけません。……怜さんに迷惑かけたいわけじゃないからさ」

「ふーん。でもさ、なつきの体質で寝ない人ってすごく珍しくない？　それこそ、彼を逃《のが》したら見つからないと思うけど。簗山って人のために、いろいろ経験積みたいんでしょう？」

「それは、そうだけど……」

　簗山のことは好きだが、なつきはもう彼との恋愛を諦《あきら》めてしまっていた。今朝のエレベーター前での出来事でもわかることだが、なつきは簗山の眼中にない。彼の中でなつきは、『真面目で地味な部下、その①』なのだろう。

築山の好みは『派手で、経験が多く、ベッドの上で奔放《ほんぽう》な女性』だ。見た目だけならいくらでも繕《つくろ》えるが、厄介《やっかい》な体質を持つなつきには経験だけはどうにもならない。

トモが言うように、なつきの体質が効かない怜に助けを求めれば経験を積めるのかもしれない。しかし、そんなことに怜を付き合わせるのは心苦しかった。そもそも『一晩だけ』を所望していた彼が頷くとも思えない。

その時、なにも頼んでいないのに、個室の扉が開いた。

二人が振り返ると、そこには荒い呼吸を繰り返す男の姿。

「やっと見つけた」

明らかに安堵《あんど》したような声を上げたのは、もう会うことはないと思っていた、怜だった。

◆　◇　◆

自慢ではないが、海崎怜《かいざきれい》はあまり悩んだことがない男だった。

世の中そうそう想定外のことは起こらないし、起こったとしてもある程度は自身の能力で乗り切れていたからだ。

昔から器用だったのも大きいだろう。大抵のことは努力せずとも上手くこなせてしまっていた。勉強だって、友人関係だって、女性関係だって、困ったことは片手で数えられるぐらいだ。

両親がそうであるからという理由だけで医者を志《こころざ》した時は、さすがに血の滲《にじ》むような努力をしたが。それでも医大は現役で合格し、気が付けば本当に医者になっていた。

あまり挫折《ざせつ》のない人生だった。

もちろん人並みに悩みを抱えたことはある。しかし何ヶ月も頭を抱えるような悩みは持ったことがなかった。

だから三年前、不眠に悩まされるようになった時、怜はそれを自身への報《むく》いだと思った。

今まで人生をイージーモードで過ごしてきたツケ。

自分でも、楽をしすぎている人生だと思っていたのだ。

しかし、その報《むく》いは思った以上に大きかった。

最初は、夜中に一度か二度、起きてしまう程度だった。薬だってちゃんと効いていたし、夜中に目が覚めるようなことがあっても外を少し走ってくれば簡単に眠りにつくことができた。けれど今では、調子がいい時でないと薬は効かないし、連続して睡眠を取ることはほとんどできない。

頭は常に少し霞《かすみ》がかかったようだし、疲れが取れていないのか身体も重たかった。

だから、なつきの体質の話を聞いた時、怜はそんな馬鹿な話はないと思ってしまった。真面目そうな彼女が嘘をついているとは思わないが、勘違いしているだけだろう。薬もなにも使わず、側にいるだけで周囲を眠くさせる人間がいるはずない。

怜はそう疑っていた。疑ってかかったまま、彼女をホテルに連れ込んだ。

幸いなのかなんなのか、彼女との利害は一致していた。行為をすることで睡眠を得たい自分と、眠らない相手と行為をしたい彼女。だから、純真無垢《じゅんしんむく》な彼女の初めてを、こんな形で奪ってしまうことへの罪悪感はあまりなかった。

そして試してみた結果、彼女の言う『体質』は効かなかった。

けれど、怜は彼女の思わぬ優しさに触れた。

今から自分をめちゃくちゃにするだろう男の手に息を吹きかけ、まるで大切なものを扱うように包み、温める。両手を合わせる様はまるで、怜が早く寝られるようにと祈っているようにも見えた。

彼女の吐息で温かくなった手のひらが、全身の体温を上げる。

そこで初めて、猛烈な罪悪感に襲われた。

好きな人でもなく恋人でもない自分が彼女を抱くのは筋違いだ。そこら辺で男を引っかけて遊んでいるような女性ではないのだ、彼女は。

罪悪感にさいなまれつつも、怜は衝動を止められないでいた。

『優しくするね。本当に優しくする』

謝る代わりにそう言うと、彼女は顔を赤くし、ガウンをぎゅっと掴《つか》んだ。

それから、宣言どおりにできるだけ優しく彼女を抱いた。

自分でも丁寧すぎると思うぐらいに。

初めて達した彼女は、涙を目の端に浮かべたまま気を失ってしまった。

怜は起きたら続きをするつもりで彼女の涙を指先で拭い、額《ひたい》を撫《な》でた。不思議と優しい気持ちが込み上げてきて、胸が温かくなった。

『君はいい子だよね』

関係を持った人に不眠を打ち明けたことは何回かあった。しかし、その誰も彼女のような反応は示さなかった。

あからさまに興味がなさそうにするか。

逆に媚《こ》びを売るために大げさに同情をするか。

基本的には、そのどちらかだ。

真剣に怜の身を案じて行為以外の方法で寝かせようとしたのは、彼女が初めてだった。

眠るなつきを怜は抱きしめた。

その時、ふわりと甘い香りが彼女から香ってきた。太陽に照らされたシーツのような温かみのある香りの奥に感じる、綻《ほころ》ぶ前のほのかな花の香り。

乱れた髪の毛に顔を埋《うず》めているうちに、急に瞼《まぶた》が重たくなった。

そして、気が付いた時には朝を迎えていた。

時刻は午前十一時。余裕で十時間以上寝ていた計算になる。

こんなに気持ちのいい朝を迎えたのは、実に三年ぶりだった。

怜は慌てて跳ね起き、隣を見る。

しかし、そこにはもう彼女の姿はなかったのだった。


それから怜はなつきを探し始めた。

探し出した後どうすればいいのかはわからなかったけれど、彼女がいれば不眠を解消できるとわかったのだから、探さずにはいられなかった。

それに胸の奥には、そういう利害とは別の、温かい感情もあった。

もう一度なつきに会いたい。

その気持ちも怜の行動理由の一つだった。

怜は『BB』とその周辺の店に、なつきの特徴とそれに一致する女性が現れたら連絡してほしいと頼んで回った。いい年齢の男が女性を捜し回っているということで、最初はいろいろと怪しまれたが。探しているのは生き別れの妹なのだと適当なことを言っておけば、皆すんなりと協力してくれた。

自分でも必死すぎるとは思ったが、なつきのことは名前と飲んでいた店以外なにも知らないのだ。

――そして、なつきと怜が出会ってから一週間後。『BB』から怜に電話があった。

彼女が友人と飲みにきたというのだ。

そこから先はもうあまり覚えていなかった。

なつきと一緒に飲んでいた友人に適当なことを言って帰ってもらい、『話があるから』となつきを引き留めた。

そして、なにがなんだかわからないという顔をする彼女に、真剣な顔でこう切り出したのである。

「なつきちゃん。俺と契約しない？」と。

◆◇◆

「なつきちゃん。俺と契約しない？」

「契約、ですか？」

なつきは口をぽかんと開けたまま、オウムのように怜の言葉を繰り返した。

正直、状況があまり呑み込めていない。

楽しく飲んでいたら突然怜が現れ、あっという間にトモが「じゃ、ごゆっくりー」と上機嫌で帰っていった。

そして先ほどまでトモが座っていた場所には怜がおり、真剣な顔で『契約』とやらをなつきに持ち掛けている。

わずか数分の出来事だった。

ソファーに座ったまま呆《ほう》けるなつきに、怜は身を寄せる。

「俺の睡眠薬になってほしいんだ」

「睡眠薬？」

前にも聞いたフレーズに、なつきは戸惑った。

あの時と同じ意味なら、怜はなつきに不眠症をなんとかしてほしいと頼んでいるのだろう。しかし、彼はなつきの体質では眠らなかったはずだ。

つまり、彼が望んでいるのは、もう一つの方法ということで――……

「え、ええ!?」

なつきはとっさに両手で自身の身体を抱きしめる。蘇《よみがえ》るピンク色の思い出に、頬が一瞬にして熱を持った。

「や。でも、『一晩だけ』だって……」

「うん、それは覚えているよ。でも、状況が変わったんだ」

それから怜はゆっくりと、あの晩自分の身に起こった出来事を話して聞かせてくれた。

「状況が変わった?」

「それじゃあ、私の体質って怜さんに効くんですか?」

「そういうことになるね。自分でもびっくりだよ。まさかあんなにぐっすり眠れるだなんて思わなかった」

感慨深げにそう言う怜に、なつきは首を捻《ひね》った。

「でも、最初は効いてない感じがしましたけど……」

「多分、他の人と違って俺には効きにくいんじゃないかな。先週の感じだと、眠たくなるまでに三十分から一時間はかかるね」

「効きにくい……」

なつきはまるで自分が本当に薬になったような心地だった。

けれど、嫌な気分ではない。

今まで疎《うと》まれていた自分の体質が、初めて誰かに必要とされたのだ。これが嬉しくないはずがない。

しかし、それがなにを意味するかと言うと――

「怜さん、『睡眠薬になってほしい』というのはつまり……」

「うん。なつきちゃんには、俺と一緒に寝てほしいんだ。もちろん毎日ってわけじゃないよ」

「それは……」

予想していたとおりの言葉に、狼狽《うろた》える。

先週は勢いで怜の誘いに乗ったが、なつきは本来とても奥手な人間なのだ。

想像しただけで顔から火が出そうだった。

狼狽《うろた》えるなつきをどう取ったのか、怜は目を細め、不敵に笑った。

「もちろんタダでとは言わないよ」

怜の長い指が、なつきの頬にかかる髪を耳に掛ける。

「俺がなつきちゃんにいろいろ教えてあげる」

「いろいろ？」

「そう。派手な女の子になりたいんでしょう？　服装とか、髪型とか。俺、結構詳しいよ？　なんなら、一緒に服を選んであげる」

そう言いながら微笑む怜に、なつきは合点《がてん》がいったとばかりに頷いた。

（確かに、それは助かるかも！）

怜の提案に、なつきは諦《あきら》めようと思っていた築山への気持ちが持ち直していくのを感じていた。

単純に派手な服を買うだけならばトモに頼めばいいのだが、彼女は露出の多い服を好むのだ。なつきもそういう服は嫌いではないのだが、自分が着るとなったら話は別である。

そもそもああいう服が、地味な自分に似合うとはどうしても思えない。

しかし、怜なら露出が少なめで、且《か》つ、男性が好みそうな服を探してくれるかもしれない。

それに、築山と同じ男性の目線というのは、考えてみれば心強かった。

「……あと、夜のほうも」

「――っ！」

耳元で艶《なま》めかしく囁かれた声に、なつきの身体が跳ねる。

怜のほうを見たところ、彼は妖《あや》しく笑いながら、蜂蜜《はちみつ》のような甘い言葉をかけてくる。

「どっちかと言うと、こっちがメイン。なつきちゃんを好きな人好みに変えてあげる。派手で、経験豊富で、色っぽい女性にしてあげるよ。……俺以外に頼めないでしょう、こういうこと」

まるで耳を犯されているかのような心地になったなつきは、慌てて両耳を押さえ、身を引いた。口をぱくぱくと開閉させる。

怜は狼狽《ろうばい》するなつきから離れると、今度は優しさ満点の明るい笑みを向けた。

「だから、その代わり一緒に寝てくれないかな？　……悪い提案じゃないと思うんだけど」

正直、怜の提案は築山と両思いになれる可能性のある、ただ一つの方法のように思える。

けれど、簡単には頷けなかった。

ここで簡単に頷ける女性ならば、きっと今のような事態にはなっていない。

「もちろん無理強いはしないよ。だけど、考えてほしいな。……とりあえず今日は、連絡先を交換しない？」

怜は目を細めながら顔の横でスマホを振った。

「それぐらいなら……」

なつきは鞄からスマホを取り出す。

そこでふと、彼の目の下に隈《くま》があるのを見つけた。

薄く、側に寄らなければわからないほどだが、そこは確かに他の部分より陰っている。

「あの、怜さん。昨日ちゃんと寝ましたか？」

「ん？　昨日は寝られてないかな。でもまだ大丈夫。一昨日《おととい》は細切《こまぎ》れだけど睡眠を取れたから」

「大丈夫じゃないですよ、それ！」

なつきはぱっと立ち上がる。そして、ソファーの端まで身体を寄せると、おもむろに自分の太腿を叩いてみせた。

「怜さん。とりあえず、どうぞ！」

「え？」

怜の口から間抜けな音が漏れた。

「膝枕なんて初めての経験なんだけど」

怜は苦笑しながら天井を見つめていた。その頭の下には、なつきの太腿がある。

なつきは怜の顔を覗き込みながら、申し訳なくなった。

「あ、ごめんなさい。眠り辛かったですか？」

「んー、大丈夫。とっても気持ちいいよ。このまま寝落ちしたら最高だなって思うぐらい」

「気持ちいいと言われるのは恥《は》ずかしいですけど、よかった」

なつきの頬が、ほのかに赤くなる。

怜は先ほど膝枕は初めてだと言っていたが、なつきだって誰かを膝枕するのなんて初めての経験だ。怜を寝かせるためとはいえ、自分でも思い切ったことを提案してしまったと思うなつきである。

「……あ、でも熟睡しちゃったら何時間も身動きが取れないから、場所を変えたほうがよかったですかね？」

「それは大丈夫。ここ、知り合いの店だから。今日は予約入ってないって言ってたし。

朝までやってる店だから、少しぐらいなら平気だと思う」

「そうなんですね」

確かに、それなら少しぐらいは平気かもしれない。

それに、お店の人と知り合いなら、なにかあればすぐ声をかけてくるだろう。

心配事が一つ消えたなつきは、小さく息を吐き出した。

「ま、でも、なつきちゃんの膝を借りたまま朝を迎えるわけにはいかないから、どこか適当なところで解放してあげないとね」

「私は大丈夫ですよ」

「そういうわけにも……ふぁ」

そう言いながら、怜はあくびを噛み殺した。

怜は本当に眠たくなっているようだった。瞼《まぶた》もだんだん下りてきてしまっている。

なつきは怜が寝てしまう前にと、先ほどの話を蒸し返した。

「怜さん。あの、契約のことなんですけど……」

「あ、やっぱり無理？　自分でも結構無理言ってる自覚があったからなー」

「えっと、私にも用事があるので毎日っていうのは難しいですけど、一週間に何日かなら大丈夫ですよ」

「え？」

怜は閉じかけていた目を大きく見開き、なつきの顔を見つめた。

その視線から逃《のが》れるように目を逸らしたなつきは、恥《は》ずかしくなって顔を背《そむ》けた。

「でも、えっちなことは、その……ゆっくりと言いますか、すごく気長に進めてもらえると、助かります。しょ、初心者なので！」

怜は口元には笑みを残したまま眉根を寄せる。

「もしかして、不眠症って聞いて同情させちゃった？　ごめん。そういうつもりはなかったんだけど」

「ち、違います！　怜さんを放っておけないってのも確かにありますけど、自分を変えたいっていうのが動機です！　怜さんが味方に付いてくれたら、すごく心強いなぁって思うので。……そ、それに！　ゆっくりですけど、そういうこともちゃんと経験していきたいって思いますし……」

「……本当にいいの？」

なつきは頷く。

「ふ、不束者《ふつつかもの》ですが！　どうぞよろしくお願いします！」

勢いよく頭を下げる。

その瞬間、怜の額《ひたい》となつきの額《ひたい》がぶつかり、ゴッ、といい音が鳴った。

「――ぃっ！　ご、ごめんなさい!!」

「……ふ」

「怜さん？」

「ふふ、ははっ！」

堪《こら》えきれず、といった感じで怜が笑い出す。彼の片手は額《ひたい》を摩《さす》っていたけれど、そんな痛みなど、まったく気になっていないようだった。

なつきは申し訳なくなって身を小さくする。

「『不束者《ふつつかもの》ですが』とか、なに！　しかも直後に頭突きとか！」

「ほ、本当にごめんなさい！」

「んーん。全然怒ってないし、そんなに痛くもなかったよ」

怜は笑い過ぎたために出てしまった目尻の涙を拭うと、なつきの頬に手を伸ばした。

「なつきちゃんてすごいよね。やばい。手放せなくなりそう」

「……眠たくなってきました？」

「うん。それとは違う意味で」

怜は身体を起こす。そして、なつきの唇にキスをした。

触れるだけのキス。

一瞬の出来事に、なつきはなす術《すべ》もなく固まっていた。

「少し膝を借りるね。おやすみ」

怜はふたたびなつきの太腿に頭を置いた。

◆◇◆

「結局、朝まで膝を借りちゃってごめんね。辛くない？」

怜がそう声をかけたのは、翌日の車の中だった。

運転席に座る彼は、助手席のなつきに気遣うような視線を送っている。

――昨晩の二人は結局、怜の知人であるバーテンダーに起こされるまで部屋で眠りこけてしまっていた。起きたのは、なつきがいつも朝、家を出る時刻の一時間ほど前。

このままでは遅れてしまうと焦るなつきを車に乗せ、怜は部屋まで送り届けてくれた。

そして、シャワーを浴び、着替えたなつきを怜は職場まで連れてきてくれたのである。

会社前に停めた車の中で、なつきは時計を見てほっと胸を撫《な》で下ろした。

「はい。大丈夫です。それより、ありがとうございました。おかげで間に合いました！」

「いや、お礼なんていいよ。そもそも俺のせいだしね」

「でも、私も一緒に寝こけちゃってたわけですし、おあいこですよ」

「これはさすがに『おあいこ』じゃないと思うんだけど」

怜はハンドルを握りながら苦笑する。

なつきは、そんな彼を覗き込んだ。

急に近くなった距離に、怜が目を見開く。

なつきは彼の目の下の隈《くま》を確かめた。

「昨日はちゃんと眠れました？」

気遣うような声に、怜は笑顔で頷く。

「うん、ばっちり。これで今日のオペは安心だね」

「オペ？」

「あぁ、言ってなかったっけ。一応、これでも医者なんだ」

「へー……」

怜の職業に、なつきは口をぽかんと開ける。

医者というのは、彼女が今まであまり接してきたことがないタイプの人間だ。

健康第一のなつきは、あまり風邪を引かない。

なつきの中の医者のイメージは、命を守る責任ある仕事をしている偉い人、だ。

（大変なお仕事だし、ストレスのせいで眠れなくなっちゃったのかな……）

「呆《ほう》けちゃって、そんなにびっくりした？」

その問いに、なつきは笑みを浮かべる。

「あ、はい！　怜さんが眠れないのって、そういう大変なお仕事してるからかなぁって思っちゃいました！」

「……そういう思考なんだね。なつきちゃんは」

「へ？」

「なつきちゃんは優しいな、って言ったんだよ」

「えっと、ありがとうございます」

なぜ褒められたのかはよくわからなかったが、なつきはお礼を言っておいた。

人によく『抜けてる』と言われるなつきは、相手の思ってもいない反応を示して、困らせてしまうことがたまにあるのだ。

今回は困らせたわけではないが、きっと彼は別の反応を予想していたのだろう。

それだけはわかった。

怜は目を細めると、車についている時計を見た。

デジタル表示の時計は八時三分を知らせている。

「さっきから思ってたんだけど、なつきちゃんって結構早い時間に出社するんだね」

「はい。私っていろいろとおっちょこちょいなので、なにかあってもいいようにいつも始業の一時間前には来てるんです」

「真面目だね」

「そんなことないですよ。他にも結構そういう人いますし！　……築山課長も、結構早く来るんです」

なつきはほんのりと熱くなった頬を両手で包んだ。なつきのその様子を見ていた怜は、なぜか苛立たしげにハンドルの革を爪で引っ掻いた。

「……へぇ」

「あ、築山課長！」

言いながら振り返って怜を見ると、彼も窓の外を見ていた。

築山はなつきたちに気付くことなく、いつものようにブランド物のスーツを着こなし、自信満々に出社していく。

(もしかしたら、今なら一緒に出社できるかも！)

そう思い、車のドアに手をかけた瞬間だった。

なつきの視界は、なにかで塞がれた。

それが怜の手のひらだと気付くのに時間はかからなくて、振り返ろうとした時には首筋になにかが当たっていた。

「ひゃっ」

柔《やわ》らかくて、生温かいなにか。

それが押し当てられ、きつく吸い付いてきた。首筋にぴりっと引き攣《つ》ったような痛みが走る。なつきは思わず身体を硬くした。

車のドアを掴《つか》んでいた手はやんわりと外され、指が絡まりついてきた。

「ちょ、怜さ……」

なつきは身体を無理やり動かし、視界を塞いでいた怜の手のひらを引き剥《は》がす。

そして、首筋に手を当てた。

「な、なにって、練習」

「なにをするんですか⁉」

「練習?」

「なつきちゃんはゆっくりって言ってたけど、あんまりゆっくり進めてたら、いつまでたってもこういうことには慣れないでしょう? 首にキスされたぐらいで狼狽《うろた》えてるようじゃ、簗山サンの好みになるのはまだまだ先だよ」

怜の言葉に、なつきは先ほどまで自《みずか》らの首筋に当たっていたのが唇だとはっきり理解した。じわじわと体温が上がり、頬が異常なほどに熱を持ち始める。

熱くなったなつきの頭を、怜は優しく撫《な》でた。

「ちょっとずつ慣れていこうね。無理させるつもりはないから、嫌だったら嫌って言ってね」

「は、はい」

なつきは下を向いたまま返事をする。いくら自分のためにやってくれたこととはいえ、奥手ななつきには朝から刺激が強すぎた。

なつきは逃げるように車から降りる。それから車を覗き込み、怜を見つめた。

「あ、あの」

「ん？」

「これからよろしくお願いします。頼りにしていますね」

恥《は》ずかしさを堪《こら》えてそう言って、なつきははにかんだ。

そうして頭を下げ、車のドアを閉める。

怜はハンドルに額《ひたい》を押し付けた格好で片手をひらひらと振り、いってらっしゃいと合図をした。

彼の耳が赤く染まっているような気がして不思議に思いつつも、なつきは会社に入っていった。

その日の昼休憩。

節約志向のなつきはいつも手作りのお弁当を持参するのだが、今日は前日に怜といろいろあったおかげでお弁当は作れなかった。

なので、久々に会社の隣にあるコンビニにお昼を買いに来て、そこで先輩の絵梨を見つけた。どうやら彼女もお昼を買いに来たらしい。

なつきはにこやかな笑顔を向け、「お昼ですか？」と絵梨に声をかける。

絵梨はその声でなつきに気が付いたらしく、「あら！」と嬉しそうに笑い返してくれた。

「そうなの。今日朝から子供たちが喧嘩しちゃってね。バタバタしてたら自分のお弁当を作り忘れちゃって。もしかして、雨宮さんも？　いつもはお弁当よね？」

「そうなんです。ちょっと朝忙しくて作れなかったんですよ」

「一緒ね。そういえば、今日は出社するのも遅かったわね」

「はい。すみません」

頬を掻きながら頭を下げたところ、絵梨は野菜ジュースを手に取りながら機嫌よく笑う。

「別に謝る必要はないのよ。遅刻したってわけじゃないし。で、なに？　昨晩は彼氏の家にでも行ってたの？」

「ち、違いますよ!!　そもそも、彼氏なんていませんし!!」

好きな人はいますけど、と口にしそうになって、慌てて口を噤《つぐ》む。

絵梨と築山は同期なのだ。仲が良いのかは知らないし絵梨は口が軽いほうではないと思うのだが、自分の気持ちがバレるのは気まずい。

絵梨はそんななつきを見下ろしながら、唇の端を引き上げた。

「そう。だったら、その首の痕《あと》、隠してきたほうがいいわよ。今は髪の毛で隠れてるけど、動くとたまに見えるから。皆に気付かれたら、あることないこと噂されちゃうわ」

冷たい野菜ジュースを首筋に置かれて、なつきは跳び上がる。

そこはちょうど、怜が今朝吸った場所だった。

もしかして……という思いが頭を駆け巡り、なつきはお弁当も買わず会社のトイレに駆け込んだ。

トイレの鏡に映った自分の首筋には、くっきりと赤い跡が残っていた。

(もう！　怜さんー!!)

きっと戯《たわむ》れに残した痕《あと》なのだろう。けれど、これは少し遊びが過ぎている。

こんなものが見つかった日には、女性社員の恰好《かっこう》の的《まと》だ。どんな噂を流されるか、わかったものじゃない。

なつきは知らせてくれた絵梨に心の中でお礼を言いながら、首筋に絆創膏《ばんそうこう》を貼った。

(こんな風に痕《あと》を残されたら、今朝のこと思い出しちゃうよ……)

――今朝のことだけではない。

怜と出会った日。ベッドを共にした夜。再会した時。昨晩の会話。

すべてが鮮明になつきの脳内を駆け巡った。

それは昼休憩が終わり、午後の仕事が始まってからも続いた。

首や頭を動かすたび、首筋に妙な違和感がある。

痕《あと》に貼った絆創膏《ばんそうこう》のせいだった。
隠すために貼ったそれが、今はありありと赤い痕《あと》の存在をなつきに知らしめる。
『優しくする。本当に優しくする』
その宣言どおりに、彼はまるで愛《め》でるかのようになつきに触れてくれた。
優しく、壊れ物を扱うように。
けれど、腰を掴《つか》んでいた彼の力は、逃がすつもりはないと示していた。
『ちょっとずつ慣れていこうね』
今朝、車の中で彼はそう言って微笑んでいた。
ならば、いつか自分と彼は最後までしてしまうのだろうか。
身体の一番深いところで繋がって、互いの体温を感じるのだろうか。
少し想像しただけで、身体の中心が熱くなってくる。
(あーもー!!　集中できない!!)
なつきは勢い余ってキーボードを叩いてしまう。
その瞬間、開いていたエクセルの画面が閉じた。
「あ」
恐る恐るもう一度エクセルを立ち上げる。
すると、今日の午前中からいじっていたデータが、ものの見事に消えていた。

なつきはその事実に青ざめ、うなだれる。

「もう今日は残業確定……」

なつきは泣きそうな声でそう漏らしたのだった。


二十一時。

なつきは残業を終え帰宅の準備をしていた。

今日は会社の定めたノー残業デーというやつで、なつきの他に残ってる社員はいない。

灯りも、彼女がいるフロアだけが煌々《こうこう》とついていた。

あれからなんとかバックアップデータが見つかったので、まだ早く終われたが、なかったら今日はもう少し遅くなる予定だった。

（なんか、二年前みたい。ほんと私って成長がないな。反省しないと……）

――二年前、なつきは今日と同じように仕事で使うデータを紛失してしまったことがあった。

なつきたちの勤めている会社は、この業界ではまあまあ大きな広告代理店で、その中でなつきはインターネット広告の営業部に籍を置いている。

なつきが紛失してしまったのは、翌日納入予定の広告データそのものだった。

昼休憩から帰ってきたら、データがいつの間にか消えていたのである。何度も何度も確認をしたはずなのに……

しかも運の悪いことにデザイン部は帰ってしまっていて、手元には素材となるデータはあるものの、レイアウトすることは、かなりの時間を要する作業……

しかも、紛失した画像データは一つではなく、二十個ほどで、同僚たちが何個かは再現してくれたが、それでも半分以上は自力で再現しなくてはならなかったのである。

その時、最後まで残って一緒にやってくれたのが築山だった。彼もこの案件に噛んでいたからかもしれないが、熱心になつきを励まし、データを作ってくれた。

そして、なんとか全部再現できた。

デザイン部にはものすごく怒られたし、当時の部長にもこってり絞られたが、今となってはいい思い出である。

（あれから、築山課長のことが気になるようになったんだよね。……それにしても、なんであの広告データなくなったんだろうな……）

昔を思い出しながら、なつきは会社の入っているビルから出ようとした。しかし、頬を撫《な》でた氷のように冷たい外気に足を止めてしまう。

「う、嘘でしょう……」

見上げると、雨が降っていた。

しかも、ただの雨ではない。氷と雪が混じったようなみぞれだ。

ざぁざぁというよりは、ぼたぼたと。重量を感じる音を響かせながら降っている。

「最悪だ……」

なつきは思わず長い溜息を吐いた。生憎《あいにく》傘は持ち合わせていないし、駅まで傘に入れてくれるような同僚も帰ってしまっている。

駅までは徒歩十分という距離なので、このままだと完全に濡れネズミで帰る羽目になる。

「傘、買うしかないかー」

隣のコンビニに行けば傘は売ってるかもしれない。不要な出費は控えたかったが仕方がない。

なつきがコートを頭から被り、コンビニまで走ろうとした、その時だった。

「なつきちゃん」

聞きなれた声が聞こえ、なつきはその方向を見た。

するとそこには傘を持った怜の姿。

彼はなつきの側まで走ってくると、彼女を傘の中に収めた。

「そのまま走って駅まで行くつもりだったの？」

「いえ、隣のコンビニまで行こうかと……。というか、なんで怜さんがここに？」

「今朝、なつきちゃん傘を持ってなかったでしょ。だから少し心配になって、仕事終わりにきたんだ」

見ると、今朝と同じ場所に車が停まっている。

「よかった。濡れる前に間に合って」

「すみません。ありがとうございます」

怜の優しさに顔が綻《ほころ》ぶ。

彼はなつきの肩についた水滴《すいてき》を払いながら、顎《あご》で車を指した。

「ついでだし、送るよ。車乗って」

「いいんですか?」

「もちろん」

怜に促《うなが》され、なつきは車に乗り込む。

当たり前のように助手席を勧められるのが少しくすぐったかった。

そのまましばらく走り、もうすぐなつきのマンションが見えてくるというところで、怜は声をかけてきた。

「なつきちゃん。今日はこの後なにか用事がある?」

「いえ。特には……」

今日は観たいドラマも、友人との約束もない。

ただ明日の準備をして寝るだけの予定である。

「じゃ、今から一緒にご飯食べない？　昨日のお礼もしたいし」

「そ、そんな！　お礼だなんて、大したことしたわけじゃ――!!」

「それに、一人でご飯食べるのも寂しいなって思ってたんだよね。だから付き合ってほしくて……」

その言葉に心が揺れた。

なつきだって、一人の食事が寂しいものだと知っている。

「どうかな？」

信号で車が停まり、怜はなつきを見つめたまま首を傾げた。

眉根を寄せたその表情は、捨てられた子犬のようにも見える。

「それなら、ご飯だけ……」

なつきがそう頷くと、彼はお礼を言いながら彼女が住んでいるマンションとは逆方向にハンドルを切った。


「怜さん、ここは？」

「ここ？　俺の住んでるマンションだけど」

なんてことないようなそぶりでそう返され、なつきは目の前のマンションを見上げた。

背の高いマンションなので、最上階まで視界に収めようとすると首が折れそうだ。それに、なつきが住んでいるところよりもはるかに立派なマンションである。

しかし、なぜこんなところに連れてこられたのだろうか。

なつきはエントランスに入った怜についていきながら首を捻《ひね》る。

もしかして、このマンションのどこかにご飯を食べるところでもあるのだろうか。

頭に疑問符を浮かべるなつきを置いて、怜はどんどん先へ進んでいく。そして、エレベーター前に辿り着くと、呆《ほう》けるなつきに手招きをした。

「なつきちゃん。ぼーっとしてたら置いてくよ」

「ちょ、ちょっと待ってください！」

促《うなが》され、急《せ》かされるまま、なつきは怜についていった。


案内されたのはやはり怜の部屋だった。

黒と白で統一された室内には物があまりなく、男性の一人暮らしとは思えないほど片付いている。というかもはや生活感がなかった。まるで新築マンションのモデルルームのようである。

一応綺麗《きれい》にはしているが、物の多いなつきの部屋とはえらい違いだ。

怜はキッチンに立ち、腕まくりをした。

「なつきちゃんは遠慮なく、くつろいでて。ささっと作っちゃうから。あ、嫌いなものってあるかな？　食べられないものとか」

「ないですけど。……もしかして、怜さんが作るんですか⁉」

「うん。そのつもりだけど、ダメだった？」

なつきは首を横に振る。

外食も嫌いではないが、誰かの手作りの料理というのはそれだけで嬉しいし、美味《おい》しく感じられる。なので、怜の提案は純粋に嬉しかった。

声を上げたのは単純に驚いたからだ。

「こう見えて俺、料理は好きなんだ。まぁ、素人《しろうと》料理だけどね。なつきちゃんは座って待ってて」

キッチンの奥で怜は微笑む。その手元は常に動いていて、手際がよさそうだった。

なつきは鞄を置き、怜の側に寄る。

「あの、なにか手伝います！」

「え？　それは助かるけど、いいよ。これは一応お礼なわけだし」

「一人でやるより二人でやったほうが早いですよ。それに、私もうお腹ぺこぺこなんです」

そう腹部を押さえてはにかむと、怜は一瞬だけ目を見開いた。そして「じゃ、お願いしようかな」と笑い、隣を譲ってくれた。

――本当はお腹なんてあまり空いてはいなかった。初めて入った部屋で相手を働かせたまくつろぐことができるほど、豪胆《ごうたん》でなかっただけなのだ。

けれど、怜と一緒に談笑しながら料理を作るのは思った以上に楽しく、気が付けば緊張もとけ、会話と料理を楽しんでいた。

「なつきちゃん、そこのボウル取ってくれる？」

「あ、はい。どうぞ」

ボウルを渡す際、一瞬だけ手が触れ合う。

彼のひんやりとした手の温度に、なつきは目を剥《む》いた。

「怜さんって冷え性なんですか？」

「え？　どうかな。気にしたことなかったけど」

怜は自分の手のひらを見つめながら、首を捻《ひね》る。

先ほどまで水を触っていたからかもしれないが、それにしても彼の指先は冷たかった。

(冷え性も、眠れないのに関係があるのかな？)

鍋をかき混ぜながら、なつきはそんな風に思っていた。

ビーツの入った深紅色のボルシチに、温野菜のサラダ。少し硬めのライ麦パンに、チーズの盛り合わせ。隣に置いてある小さなワインの瓶は、もらいものらしい。

素人《しろうと》料理とはなんのことか。プロ顔負けの料理が並ぶ食卓を見て、なつきは「ふぁー」

と間抜けな声を漏らした。

「すごいですね！　毎日こんなの作ってるんですか？」

「まさか。いつもはコンビニのお弁当とか、さっと野菜炒めを作る程度だよ。俺も結構忙しいからね。凝った料理は休日に作る程度かな」

そう言いながら怜は笑う。それが本当なら、今日はなつきのために頑張ってくれたということだろうか。

なつきの胸はぽかぽかと温かくなる。

二人は向かい合わせに座ると、同時に手を合わせた。

「いただきます」

二人の声が重なり、同時に笑みが滲《にじ》んだ。

食事が終盤に差し掛かった頃、怜はそれまでしていた雑談をやめ、申し訳なさげに眉根を寄せた。

「結局、今日は手伝わせちゃってごめんね。お礼のつもりだったのに」

「いいえ。楽しかったんで大丈夫です！　ご飯も美味《おい》しかったですし！」

「そう？」

「はい！　それに、一人暮らしをしていると、誰かと家でこうやってまったりと食事をとることがなくなっちゃうので、今日はとっても新鮮でした！」

満面の笑みを浮かべるなつきに、怜も微笑む。

「そういえば、俺も誰かとこうやって過ごすの久々かも。もう一人暮らし長いからなぁ……」

「怜さんは、恋人作らないんですか？」

それは純粋な疑問だった。

こんなにかっこいい彼なのだ。恋人の一人や二人いてもおかしくない。

怜は顎《あご》をさすりながら天井を見た。

「んー。恋人を作っても、忙しくてあんまり相手してあげられないからなぁ」

「でも、もし恋人がいたら、あんな風にバーに女の人を探しに行かなくてもいいんじゃないですか？」

怜がなつきと会ったバーに来ていたのは、夜を一緒に過ごす女の人を探すためだ。

彼はそれを『どうしても眠れない時の最終手段』と言っていた。

しかし、恋人を作れば、それを最終手段にしなくてもよくなるのではないのだろうか。

なつきの疑問はそこからきたものだった。

「まぁ、作れなくはないと思うけど、恋人って少し面倒くさくてね。今のところは作る気ないかなぁ。それに、俺が寝るためだけに恋人になってもらうのも悪いでしょ？　できればそんな残酷なことしたくないしね」

「怜さんって、優しいんですね」

「そう？　でも、面倒くささ九割、他一割って感じだよ。……それに今は、なつきちゃんがいるしね」

怜の手が、なつきの手に重なった。

その手の冷たさに、なつきははっと顔を上げる。

「あっ！　忘れてました！」

「なにを？」

「一つ、作ろうと思ってたものがあったんです！　怜さん、キッチン借りていいですか？　あと、少し材料も」

「いいけど……」

目を瞬《またた》かせる怜を置いて、なつきはぱたぱたとキッチンへ戻っていく。

数分後、戻ったなつきの手には、ほかほかと湯気を上げるマグカップがあった。

なつきはそれを怜の前へ置く。

「これは？」

「生姜湯《しょうがゆ》です。冷蔵庫にずいぶん古い生姜《しょうが》が眠ってるのを見つけて、即席で作ってみました！　蜂蜜《はちみつ》が入ってるんで、甘くて美味《おい》しいと思いますよ」

なつきの言葉に、怜は茶色い液体に口をつけた。

「へー。初めて飲む味だ」

「身体が温まるし、入眠にもいいみたいですよ！」

なつきを見た怜の顔は、驚いているようだった。

「私の体質で寝られるのもいいんですけど、私がいなくても眠れるようになったらいいなぁと思って。私と怜さん、いつまでも一緒にいられるわけじゃないですし」

――この関係には終わりがある。なつきはそれをわかっていた。

不眠症が治るという可能性もあるし、怜に恋人ができるという可能性もあるだろう。あるいはなつきが築山との関係を成就させるということも。

その時のためにも、怜の不眠症をなんとかしてあげたかった。

昨晩よく眠れたためか、今日の怜の体調はよさそうだ。しかし、なつきと会わなくなれば、彼には元の眠れない生活が待っている。

それを、なんとかしてあげたかった。

なつきと怜にだって都合はあるのだし、毎日こうやって会えるわけではない。

「そうだね。なつきちゃんは築山サンと付き合う可能性もあるわけだよね」

「えへへ……。今のところその可能性よりも、怜さんが恋人を見つけちゃう可能性のほうが高そうですけどね」

苦笑するなつきを、怜はじっと見つめる。

その視線に気付いて、なつきは口を噤《つぐ》んだ。そして首を傾げる。

「ねぇ、なつきちゃんてさ、築山サンじゃないとダメなの？」

「ダメ、とは？」

「付き合うの。恋に恋する、じゃないけど、恋人がほしいだけじゃないの？　自分の体質で寝ないから彼を好きになったってことはない？　だったら……」

「そ、そういうんじゃないと思います！」

怜の言葉を遮《さえぎ》るようにして、なつきは声を上げた。

しかし、勢いがよかったのはそこまでで、なつきは穴の空いた風船のように身を小さくして、うなだれる。唇から漏れる声もか細かった。

「そういうの、考えたことがないので。多分ですけど……」

「そっか」

なつきの答えに、怜の声も低くなった。

彼は自《みず》ら食器を片付けると、なつきの側の床に膝をついた。

「じゃ、いっぱいお勉強しないとね。髪型とか、服とか、――夜のこととか」

「え、えっと。その……」

なつきの頬が熱くなる。

「大丈夫。ゆっくり進めてあげるから」

怜は優しく微笑み、彼女の頭を撫《な》でた。

第三章

『その服の組み合わせだと、靴は派手な色のほうが差し色になると思うよ。うん。そっちのほうがいいと思う』

『黒とか茶色の服は確かに手堅いけど、少し暗く見えちゃうよ。いきなりビビッドな色は難しいだろうから、こういう深めの色から始めてみればいいんじゃないかな？』

『全部を高級なものにする必要はないけど、一つだけ背伸びしたものを身につけると、全体のイメージが上がると思う。鞄とかコートとか。でも、あんまり背伸びし過ぎても浮いちゃうから気を付けてね』

『今日の服はそれなんだね。うん。じゃ、髪型は編み込みで纏《まと》めちゃおうか。え？　あぁ、雑誌で見たからね。たぶんできると思うよ。じゃ、そこに座って』

（怜さん、女子力高すぎ……）

怜と再会してから一週間と少しが経った。

今日もなつきは怜にアドバイスされた服を着て、怜にアレンジしてもらった髪型で休日を過ごしていた。

自分では絶対にしない服の組み合わせや髪型に最初は戸惑っていたなつきだったが、今では慣れてきつつある。

二人の契約は今もなお続いており、怜はことあるごとになつきにアドバイスをくれていた。その代わりとして、二日か三日に一度。多い時は日を置かずに二人は会い、一緒に眠りについている。

ある時は怜の部屋。またある時はなつきの部屋。

ホテルだって何度か行ったりもした。

しかし、これだけ一緒にいてもなお、二人はまだ最後までしていなかった。

というか、怜がまったくなつきに手を出さないのである。

お勉強と称してキスぐらいはするが、それだけ。

なつきが『ゆっくり』とリクエストしたのだが、本当になにもない日々だけが過ぎていた。

自分で言っておいてなんだが、なんだか拍子《ひょうし》抜けしてしまうなつきである。

「もうちょっと進んでも大丈夫なのにな……」

「え、進む？　どこに？」

思わず呟いた言葉に反応され、なつきは頬を熱くしながら首を横に振った。

なつきの言葉に反応したのは、髪を一つに結んだ可愛らしい女性だ。顔立ちはどことなくなつきに似ている。

その腹部は、ぷっくりと丸くなっていた。妊娠しているのだ。

彼女は、四歳離れたなつきの姉だった。

飯田《いいだ》——旧姓、雨宮沙樹《さき》。妊娠八ヶ月。

二人がいるのは沙樹の家の近くのカフェで、なつきの前には珈琲《コーヒー》、彼女の前には温かいお茶が置かれていた。

「なつき、どこか行きたいの？」

「どこも行きたくない！　大丈夫！」

焦るなつきを見ながら、沙樹は「まぁ、なんでもないならいいんだけどね」と、それ以上の追及を避けてくれた。なつきは胸を撫《な》で下ろす。

二人は沙樹が結婚し、なつきの家の近くに引っ越してから頻繁《ひんぱん》に会っている。

特に、妊娠をして沙樹が仕事を休職した今では、その頻度は二週間に一度ほどになっていた。

恋人もおらず、休日になにをするわけでもないなつきは、姉に会える日をいつも心待ちにしていたのだ。

「そういえば、なつきって恋人できたの？」

「へ？」

沙樹の問いに、真っ先に浮かんだのは怜の姿だ。

脳裏に浮かんだ彼の優しい微笑みに、なつきは首をちぎれんばかりに横に振った。

「で、できてない！　できてない!!」

「そうなの？　なんか今日のなつき可愛いから、恋人でもできたのかと思ったわ」

「え？　そ、そう？」

「髪の毛も可愛く結《ゆ》ってるし。その服も、持ってるのは知ってたけど、そういう組み合わせで着るのは初めてじゃない？」

「そう、だね……」

なつきは自分の恰好《かっこう》を見下ろす。

髪は、今日姉と会うのだと知って怜が結ってくれたものだった。ちなみに服も、怜がなつきのクローゼットから選んでくれたものである。

昨晩は彼の部屋に泊まったにもかかわらず、彼はなつきを家まで送ってくれ、服や髪についていろいろと助言をしてくれたのだ。

二十六年間女をしているなつきよりも、怜は遙《はる》かに女子力が高い。

それに加え、医者という忙しい職にありながらも、料理もできて家事もこなせるというのだから、恐ろしいものだ。

(もしかして、これがスパダリというやつ⁉)

日々、怜のすごさを実感するなつきである。

まあ、『ダーリン』ではないのだが……

「あ、そんなことよりなつき。お父さんが、もうアレやめろって言ってたわよ」

「あれ？」

沙樹の声に、なつきは首を捻《ひね》る。

「仕送り。『父さんはまだ働いてるんだぞ！　舐《な》めるな！』だって」

「あー……」

沙樹の声真似《まね》に、父の声がありありと頭の中で再生される。

なつきは苦笑を漏らした。

「可愛い娘に距離を置かれてるみたいで寂しいんでしょ。アンタはきっと、育ててくれたお礼にって感じで毎月送ってるんだろうけどさ。私もそういうのよくないと思うわよ。

大体、なつきが送ってたら、私も送らないといけなくなるでしょう?」

「おねぇちゃんは別にいいんじゃないかな?」

「そういうところ! 私もお父さんも、なつきのそういうところを心配してるんだからね!」

「ははは……」

どう答えていいかわからず、なつきは曖昧《あいまい》に笑ってみせた。

その表情に、沙樹はまだなにか言いたそうにしていたが、諦《あきら》めたように溜息をつくだけで終わらせてくれる。

「とにかく、ちゃんと考えなさいよ!」

「わかった」

なつきの返事に、沙樹は納得したようだった。

沙樹は目の前のお茶を啜《すす》り、大きなお腹を撫《な》でる。

その光景に、なつきは目を細めた。

「もうすぐ生まれるね。楽しみ」

「そうね。でも、なつきとこうやって頻繁《ひんぱん》に遊びに行けなくなると思うと、少し寂しいわぁ」

「それなら、私が家に行くよ。行ってもいいかな?」

「いいわよ。待ってるから。うーんとお世話させてあげる！」

「うん！　楽しみにしてる」

　二人は笑い合う。

　――本当に昔から気の合う姉だった。

　落ち込んだ時も、苦しい時も、両親に相談できないような悩みを抱えた時も。なつきの側にはいつも沙樹がいた。

　二人はそのままゆっくりとお茶を楽しみ、互いの近況報告を済ませた。

　そうして、一時間は話しただろうか。不意に沙樹は腕時計を見て、目を丸くした。

「あら、もうこんな時間！　急がないと映画始まっちゃうわよ！」

「あ、ほんとだ！　急いだほうがいいかも！」

　時計の針は十三時を指していた。二人は十四時から映画を観る約束をしていたのだ。映画館までは三十分ほどだが、なんやかんやしていたらすぐに一時間なんて経ってしまうだろう。

「じゃ。お会計済ませてくるわね！」

　慌てたように沙樹が立つ。瞬間、彼女の身体がふらりと揺れた。

　そして、そのまま倒れてしまう。

「おねぇちゃん!!」

急いで助け起こすと、机の角にでも打ったのか、彼女の額《ひたい》からは血が流れていた。沙樹を支えたなつきの手のひらが真っ赤に染まる。

それを見た瞬間、なつきの息が詰まり、唇が震えた。

周りでは小さく悲鳴を上げる客もいた。

騒ぎを聞きつけた店員がすぐに一一九番に連絡してくれたのだが――……

「えっ⁉　道路が工事中で到着には時間がかかる⁉」

焦ったような店員の声がなつきの胸を刺した。嫌な汗が滲《にじ》み、心臓がうるさく跳ね回る。

どうしよう。

どうしよう。

どうしよう。

なつきには医学の知識はない。

あるのは、こういう時はむやみに動かしてはいけないとかその程度の知識だけだ。

なつきは巻いていたマフラーを折りたたみ、彼女の頭の下へ入れると手のひらで呼吸を確かめた。

（息してる）

それだけで、気持ちが少しだけ安定した。

しかし、沙樹の意識は一向に戻らず、額《ひたい》からは多くの血が流れていた。

（こういう時って、どうすればいいの？　私はなにもできないの？）

目の奥が熱くなって、下唇を噛んだ。一瞬、涙が零れそうになったが、すんでの所で押しとどめる。

この、祈るしかない時間がすごくもどかしかった。

たまたま持っていたスマホをぎゅっと握りしめる。

その瞬間、急にスマホが震えた。着信だ。

見ると、そこには『怜さん』の文字。

（怜さんって、確か――っ！）

なつきは慌てて電話を取る。すると、不思議と安心する声が鼓膜を震わせた。

『なつきちゃん。車の中に時計忘れてたんだけど、どうしようか。ちょうど近くまで来てるから届けられるんだけど……』

「怜さん――！　お願いっ！　おねぇちゃんがっ！」

涙声で叫んだせいか、すぐに怜は駆けつけてくれた。そして、状況と傷を確かめ、なつきを安心させるように微笑んだ。

「ちゃんと病院で診ないと正確なことはわからないけど、大丈夫だと思うよ。軽い脳震《のうしん》盪《とう》と頭部の裂傷。それと、貧血かな。頭は切ると派手に血が出るから。びっくりしたよね？」

怜の言葉に、なつきは何度も頷いた。

安心した途端、目からは大粒の涙がぽろぽろと零れ始める。

怜はその涙を指先で優しく拭ってくれた。

「ん。頭を動かさなかったのは偉いよ。あと、すぐに俺を呼んだのも。……大丈夫、おねぇさんはすぐに気が付くよ」

「ありがとう、ございます」

なつきは涙を見せないように下を向き、ずっ、と鼻を啜《すす》る。

もちろんまだ安心はできないが、心がすごく軽くなった気がしたのだ。

そうしているうちに救急車が駆けつけ、なつきは怜と一緒に、姉の搬送された病院へ向かったのだった。

「やっぱり軽い脳震盪《のうしんとう》だったみたいだよ。お腹の赤ちゃんも変わりないようだけど、念のため検査入院することになった。帰るのは明日以降かな。……って、なつきちゃん、大丈夫？」

「……はい」

真っ赤に腫《は》れた目を擦《こす》りながら、なつきは頷いた。

二人がいるのは病院の休憩スペースだ。自販機などが置いてあるそこには、小さな机と椅子も置いてある。

なつきはそこの椅子に、うなだれるようにして座っていた。

もう涙は流れていないが、涙のあとで頬がぱりぱりするし、目が腫《は》れぼったい感じがして痛い。

怜は向かいの椅子に腰掛けた。

「心配したね。意識はさっき回復したよ。旦那さんとも連絡がついたから着替えとかは持ってきてくれるみたい。どうする？　今から会う？」

「目の腫《は》れが少し引いたら会いに行きます。逆に心配かけてもいけないので……」

「そう」

なつきは自販機で冷たいスポーツ飲料を買うと、そのボトルを目元に当てた。少しでも冷やして顔を元通りにしようという作戦だ。

怜は私服の上から白衣を羽織《はお》っていた。

どうやら、たまたま搬送されたこの総合病院が彼の職場だったらしい。

その証拠に、首から吊り下げている電子カードには『海崎怜』と書いてある。

「怜さんも、休日にすみませんでした」

「大丈夫だよ。俺、案外仕事好きだしね」

「怜さんって、いいお医者さんそうですよね。優しいですし」

「そうかな？」

怜の問いに、なつきは微笑みながら頷いた。

「小児科とか、とても向いてそうです」

「残念。実際は外科なんだ」

「へぇー」

彼の新たな一面を知れたような気がして、なつきは嬉しくなる。

心臓から身体中に送られる血液が、ぽかぽかと温かい。

「なんだか少し元気になってきたね」

「はい。安心して気が緩んじゃいました」

なつきの答えに、怜は優しく笑った。

「なつきちゃんはおねぇちゃん子なんだね。俺は一人っ子だから、兄弟とか、姉妹とか、少し憧れちゃうな」

「ふふふ、そうですね。私はおねぇちゃん子かもしれません。小さい頃から、すごくべったりだったので。……でも、本当は私も一人っ子ですよ？」

「え？」

「おねぇちゃんと私、本当は従姉妹《いとこ》なんです。もちろん、本当の姉のようには思っていますけど」

なつきの言葉に、怜は目を見開いた。

「私、小さい頃に両親を事故で亡くしてしまって。母の兄であるおじさん——今のお父さんのうちに引き取られたんです」

懐かしむように視線を下げて、なつきは微笑んだ。

「今のお父さんとお母さんは、本当によくしてくれたんです。おねぇちゃんと変わらないように、本当の子供のように接してくれて。それに、大学まで出してくれたんです！ ……だから、今までのお礼にと毎月仕送りしてるんですけど、いらないって言われちゃってて……」

「……なつきちゃんって、それでよくこんな純粋に育ったよね」

「え？」

怜の思わぬ返しに、なつきは目を瞬《またた》かせる。

彼はなつきを興味深そうに見つめていた。

「普通そんな境遇になったら、ちょっと斜めに物事を考えるようになったり、グレたりしない？ そんな風にならなくても、おじさんおばさんを両親だって堂々と言ったり、従姉《いとこ》のお姉さんを本当の姉のように慕《した》って、なかなかできないことだと思うけど。いや、否定してるわけじゃなくて。なんか、単純にすごいなぁって……」

「私がすごいんじゃなくて、お父さんとお母さんがいい人たちだったんですよ。本当にすごくすごく、優しくしてもらったんです！　人から優しくしてもらったら、自分も相手に優しくしたいって思うじゃないですか」

はにかむなつきに、怜は眩《まぶ》しそうに目を細めた。

「なつきちゃんのそういうところ、いいよね」

「そういうところ？」

首を傾げるなつきの頬を、怜は手の甲で優しく撫《な》でた。

「素直で、純粋で、すごくお人好《よ》しなところ」

淡く微笑む怜に、なつきの頬は熱くなった。

恥《は》ずかしくて居た堪《たま》れなくなり、思わず怜から視線を外すように顔を背《そむ》けてしまう。

「私って、そんな善人じゃないですよ」

「善人だよ。少なくとも俺よりは」

「怜さんはとっても優しいですよ。だって、私が助けを求めたらすぐに駆けつけてくれたじゃないですか」

いまだに頬を撫《な》で続ける怜の手に、なつきは自身のそれを重ねた。手のひら同士が重なり、まるで恋人同士の触れ合いのように、自然と指が絡む。

「怜さん。今日は本当に助かりました。おねぇちゃんを助けてくれて、ありがとうございます」

満面の笑みで頭を下げた。重なったままの手に、ふつふつと恥《は》ずかしさが込み上げてくる。

なつきは慌てて手を離すと、立ち上がった。

そして、先ほど買ったばかりのスポーツ飲料を胸に抱える。

「あ、あの。私、おねぇちゃんのところ行きますね！」

そして、なつきは逃げるようにその場を後にした。

◆◇◆

怜にとって、今の自分の感情を一言で言い表すならば、『ヤバい』だった。

自分が彼女にハマっているのはとうの昔に気が付いていたけれど。あの純粋さと人の好《よ》さを利用して、自分のものにしようとしていたこともわかっていたけれど。

今回のは本当にやばかった。

頬を撫《な》でていた手を取り、微笑みかけてきたなつきを見て、怜は一瞬呼吸が止まりそうになった。

彼女がすぐに逃げたからいいものの、あのままじっと見つめられていたら、ここが職場ということを忘れて抱きしめるぐらいのことはやっていた可能性がある。

もしかしたら、勢い余って唇だって奪っていたかもしれない。

それぐらいの状況だった。

一度手を出してしまえば止められないような気がして、夜のことを教えてあげると宣言したにもかかわらず、怜はなつきになにもしていなかった。もしかしたらそれも、とんでもない衝動に駆られた原因なのかもしれない。

要は欲求不満だ。欲求の方向は、なつきにしか向かっていないが……

辛い境遇に負けることなく前を向こうとする彼女の強さに、ただでさえパンパンに膨らんでいた感情が更に膨らんで。なつきが頬を染めて微笑んだ瞬間、まるで針で刺されたかのように理性の膜が破裂した。そんな感じだ。

本当になつきが早く逃げてくれてよかった。怜は心底そう思ってしまう。

「なんであんなに可愛いかな」

好きになった欲目というのはもちろんある。

けれど、そうでなくとも彼女に惹かれてしまうのは自分だけではないような気がした。

それこそ、築山だっていつかは彼女の魅力に気付く可能性がある。

もしそうなった場合、二人は見事両想いになり、怜はきっとお払い箱だろう。

その可能性に行き着いて、心臓が凍り付いた。

「そうなる前に、なんとかしないとな」

二人がくっ付いても諦《あきら》めきれる気がしない。

怜がそれほどまでに誰かを求めたのは初めてで、こんなに勝算の薄そうな恋愛も初めてだった。

「俺、結構自分に自信があるほうなんだけどな」

容姿やステータスは、周りの男よりも高い場合が多い。

しかし容姿も肩書も、彼女にとってはきっと単なる記号に過ぎない。

そこがいいと思う反面、今はそれがとてももどかしかった。

◆◇◆

「なつきちゃん、デートしようか」

それは、沙樹が倒れてから数日後の話だった。

いつものように怜の部屋でのんびりと過ごしていたなつきは、その言葉に目を見開いた。

「デートですか?」

「そう、今週末クリスマスイブでしょう? たまたま休みがその日に被ったからさ。なつきちゃんのおかげで最近とっても調子がいいから、たまにはなにかお礼させて。……

もしかして、もう他に用事が入ってたりする？」

覗き込んできた怜に、なつきは首を横に振った。

「用事はないですけど！　……でも、悪いです」

「悪いってなにが？」

なつきは両手の指先を合わせながら、遠慮がちな声を出す。

「悪いというか、私じゃ他の人に申し訳ないですよ。怜さんとクリスマスを過ごしたい人、たくさんいるだろうし……」

「この間、恋人はいないって言ったよね？」

「それは聞きましたけど……」

「なら、どれだけの人が俺と過ごしたくても関係ないよね？　それとも、あの片想い中の彼とじゃないとクリスマスイブは一緒に過ごせない？」

まるで捨てられた子犬のような目で、彼はなつきを見つめた。

いつもは頼りがいがあってかっこいい怜だが、たまに見せるこんな顔に、なつきはとても弱かった。

なんだか無性に放っておけなくなるのだ。

しかも最近はこの顔をされることが増えてきたような気がして、さらに困っていた。

「そういうわけじゃないです！　それに、築山課長とクリスマスなんて夢のまた夢ですし！」

「そ、じゃあ。いいよね？」

「えっと……」

「この機会に、築山サンが好むような服、選んであげるよ。だから、ね？」

NOとは言えないほどのいい笑顔を、怜は浮かべる。

なつきは渋々ながら頷いた。

別になつきだって、怜と出かけるのが嫌というわけではないのだ。

ただ、怜のような素敵な男性と出かけることに気後《きおく》れしてしまうだけで……

「それじゃあ……」

「よし、決まり。待ち合わせ場所は駅前でいいかな？」

「はい」

「楽しみにしてるね」

「私も楽しみにしてます」

そう素直な気持ちを吐き出すと、彼はまるで褒めるようになつきの頭を一撫でした。

◆◇◆

翌日、トモとなつきの二人は仕事終わりに街へ繰り出していた。

クリスマスイブを週末に控えた繁華街はキラキラと輝くLEDで飾り付けられており、どこからともなく有名なクリスマスソングが聞こえてくる。

ケーキ屋さんの前には『まだ間に合う！　クリスマスケーキ！』なんて張り紙がされており、街ゆく人々は皆、そわそわしているように見えた。

サンタのコスプレをした客引きをかわし、二人は街の中を、足取り軽く歩いていた。

「うーん。怜さんにクリスマスプレゼントねぇ。なにがいいかしら……」

「ごめんね、一緒に考えてもらっちゃって」

「いいのよ。ちょうどクリスマスの街の雰囲気を楽しみたいって思ってたところだし！」

カラカラと笑うトモの隣で、なつきは頭を下げる。

昨日、怜にクリスマスデートに誘われたなつきは、彼になにかプレゼントを渡したいとトモに相談を持ち掛けた。すると、それならば一緒に探そうという話になったのである。ちょうど怜は今日、夜勤のシフトが入っているので、なつきはトモとご飯を食べた後、久々にゆっくり過ごす予定だ。

「それにしても、クリスマスデートに誘うだなんて。怜さん、もしかしてアンタのことが好きなんじゃないの？」

「さすがにそれはないと思うよ。あんなにモテる人だし、恋人は面倒くさいからほしくないって言ってたし。本当にただのお礼って感じじゃないかな」

「にしても、クリスマスイブでしょう？　お礼をするにしても、普通、そんな日に誘うかなー」

「たまたま被ったみたいだよ。ほら、怜さんシフト制だから……」

「たまたま、ねぇ……」

なにか言いたげな顔をするトモに、なつきは首を傾げた。

「な、なに？」

「いやぁ、早く二人が付き合わないかなぁって」

「それは、さすがに怜さんに悪いよ」

「ふーん。怜さんに悪いから付き合わないんだ。てっきり、なつきは『築山課長のことが好きだから付き合わない』って言うと思ったのにー」

「それは……」

鋭い指摘に心臓が跳ねた。

確かに、なぜその答えが出てこなかったのだろう。

なつきは狼狽《うろた》えて視線を泳がせ、そして黙った。

自分でもなぜ自分があんな答え方をしたのか、わからなかったからだ。

トモの質問は更に、なつきの心を深く抉《えぐ》る。

「アンタさ、本当は怜さんのことが好きなんじゃないの？」

また一つ心臓が跳ねた。今度は驚きで。

なつきは目をこれでもかと見開き、トモを見つめた。

「だってそうじゃない。最近なつきから、怜さんの話しか聞かないわよ」

「……それは、いつも会ってるのが怜さんだから……」

「前は誰と会っていても簗山って人の話題ばっかりだったわよ」

「だって……」

誰だって友人と雑談をする際に『誰の話をどのくらいの割合で話す』なんて意識はしないだろう。なつきだってそうだ。

ただ頭に浮かんだ話を、するだけである。

しかし、そうすると、なつきの頭の中は簗山より怜のほうが多くの割合を占めているということになる。

その答えに行き着いたなつきは、勢いよく頭を振った。

「怜さんは、友達みたいなものだから！　そう！　最近、よく遊ぶ友達だから!!」

「そんなに否定しなくてもいいと思うけど。好きなら好きでもいいじゃない」

「怜さんのことは好きじゃないの！　私が好きなのは、簗山課長で……そのために怜さんとも会っていて……」

なつきの声はどんどん小さくなる。そして、最後は掻き消えそうなぐらいにか細くなった。

トモはそんななつきを訝《いぶか》しそうに見つめていたが、やがて諦《あきら》めたように肩を竦《すく》める。

「まぁ、いいわ。アンタも自分の心の整理がついてないんでしょうし！」

「だから違うって！」

「はいはい。今はそういうことにしといてあげる」

「……」

どう否定しても信じてもらえず、なつきは拗《す》ねて唇を尖《とが》らせた。

トモはそんな彼女の肩を力強く叩く。

「さ。プレゼント探すんでしょう？　行くわよ！」

満面の笑みを見せるトモに、なつきは渋々頷くのだった。

◆◇◆

それから数日後。怜とのデートの日。

待ち合わせの駅前で、なつきはそわそわと辺りを見渡していた。

休日とクリスマスイブが重なったことにより、周りは浮かれたカップルやグループで埋め尽くされている。

腕時計を見ると、約束の時刻まであと三十分もあった。

（さすがに早過ぎちゃったかな）

前日の夜からなんだか気持ちが落ち着かなくて、今朝も早くに起きてしまったのでこんな時間に来たのだが。もう少しゆっくりしておけばよかったと、今更ながらに思ってしまう。

人が多いので、さっきから肩がぶつかったり、身体を押されたり、靴を踏まれたりと散々なのだ。

そんな風に、後悔が頭をもたげた時だった。

「なつきちゃん」

聞き慣れた声が喧噪《けんそう》をかき分けて耳に届いた。

「怜さん！」

思わず声が跳ねてしまう。

怜は駆け足でなつきに近寄ると、困ったように笑った。

「驚いたな。早く来て待っていようと思ったのに。もしかして、すごく楽しみにしててくれた？」

「はい！　……あ」

零れた本音に、なつき自身が驚いた。思わず口元を覆《おお》ってしまう。

昨日から落ち着かなかったり、三十分も早く待ち合わせ場所に来てしまった理由を、なつきは今やっと理解したのだ。

恥《は》ずかしさで、頰がほんのり熱くなる。

（そっか。私って、怜さんとのお出かけ、こんなに楽しみにしてたんだ……）

隠れていた自分の気持ちにじわじわと気が付く。

そんな時に脳裏に蘇《よみがえ》ったのはトモの言葉だった。

『アンタさ、本当は怜さんのことが好きなんじゃないの？』

その瞬間、身体が強張った。

なつきの動揺を知らない怜は、手を取るといつものように優しく微笑んだ。

「じゃ、行こうか」

なつきは硬い動きで頷くことしかできなかった。


「ど、どうでしょうか？」

試着室のカーテンを開けて、なつきはワンピース姿でくるりと一回転してみせた。

カーテンの前にいる怜は、なつきの姿を見て、人差し指と親指で丸を作る。

「うん。バッチリ。あと、そのワンピースに合わせるなら、このストールとコートも可愛いと思うよ」

なつきは言われるがままにストールとコートを身につける。

二人がいるのは、女性向けのブランドを取り扱うショップの中だった。店内の商品は全体的に淡い色合いで、清楚で可愛らしい物が多い。露出もあまりないので、なつきでも十分着こなせそうだった。

怜は『付き合ってほしいところがあるんだ』と言って、なつきをここに連れてきてくれたのである。

そしてなつきは今、怜の着せ替え人形になっていた。

「確かに、すごく素敵な組み合わせですね！」

「さすが俺だね。いい見立て」

鏡の前で感嘆《かんたん》の声を上げるなつきのうしろで、怜はどこか誇らしそうだ。

「このブランドさ。前々からなつきちゃんに似合うだろうなって思ってたんだよね。どうかな、気に入った？」

「はい、とても！　この服もすごく可愛いし、これからたくさん利用しそうです！」

なつきの答えに満足したのか、怜は視線で店員を呼ぶ。そして「これ一式、一括で」とカードを差し出したのだ。

その行動に、なつきは狼狽《うろた》える。

「いやいや！　買ってもらうのは悪いです、怜さん！」

「いや、今日は日頃のお礼だからね。これぐらいはさせて。すごく高いブランドってわけでもないし」

「それは、そうかもしれないですけど……」

確かにブランド自体はなつきでも手が出せる価格帯だ。しかし、上下一式となると、それなりの額になるのも事実である。

怜は着々と支払いを済ませていく。

「それに、服は買ってあげるって約束してたし」

「してませんよ！」

「俺、服を選んであげる、って言ったよ。忘れちゃった？」

その言葉になつきはデートに誘われた時の会話を思い出す。

『この機会に、築山サンが好むような服、選んであげるよ』

確かに彼はそう言った。

けれど、選ぶのと買うのはまた別である。それに、怜が選んだ服は築山が好みそうな派手な女性が着る服とはまったく違う印象だ。清楚で、上品で、可愛らしい。

怜はサインを書いていた手を一旦止め、いまだ試着室にいるなつきを振り返った。

「でも、そうだね。もし、悪いなって思ってくれるなら、今日はその服で一日一緒に過ごしてほしいんだけどいい？　俺の選んだ服をなつきちゃんが着てくれてるんだって思ったら、ちょっと嬉しいからさ」

「そうですか？」

「うん」

怜は朗《ほが》らかに笑う。

なつきは自身が着ているワンピースを、じっくりと見下ろした。

（やっぱり、今日私が着てきた服は地味だったのかな。それなら、怜さんに恥《はじ》をかかせないためにも、ここは頷いておいたほうがいいんじゃ……）

「はい、それなら！　このお礼はいつかしますね！」

小さなガッツポーズを掲げながら、なつきは頷いた。

そんな彼女の様子に、怜は笑みを零す。

「お礼のお礼って、それじゃ一生続いちゃうよ。おじいちゃんとおばあちゃんになっても、こういうやりとりを続ける？　まぁ、俺は大歓迎だけど」

「へ？」

なんだか重大なことを言われた気がして、なつきは固まってしまう。『一生』や『おじいちゃんとおばあちゃんになっても』なんて、まるでプロポーズのようだ。しかも、それを『大歓迎』だと彼は言う。

彼がそんなつもりで言っているわけじゃないとわかっているのに、過剰に反応してしまう。

そうしてなつきが固まっている間に、怜は支払いをすべて済ませたようだった。

「じゃ、次は植物園だったね？」


次に行ったのは植物園。

ここは前々からなつきが行きたいと思っていた場所で、怜から『クリスマス、どこか行きたいところがある？』と聞かれた時に、なつきは真っ先にここと答えた。

しかし、なつきの目的は植物園の植物ではなく……

「『昆虫展』、最高でしたね！」

植物園で行《おこな》われている展示が目当てだった。

なつきは昆虫展の会場を背にして、興奮のあまり身体を跳ねさせていた。

「なつきちゃんって、物好きだよね」

「ふふふ。そうですか？　怜さんって蜘蛛《くも》が苦手なんですね？　意外でした！　弱点なんかなさそうなのに」

「いや、タランチュラはさすがに誰でもびっくりすると思うよ。俺としては、なつきちゃんが昆虫好きなのがびっくりなんだけど」

互いに笑い合いながら二人は温室の中を歩き、目についたベンチに腰掛ける。

温室の中はほんのり温かく、日の光が燦々《さんさん》と降り注《そそ》いでいた。

いつもより饒舌《じょうぜつ》に、なつきは語る。

「小さい頃、近所に仲が良い男の子がいたんですけど、その子とよく虫を捕って遊んでたんですよ！　それから虫って可愛いなぁって。ほら、ダンゴムシとか可愛いじゃないですか！　ころころーって！　蝶《ちょう》だって綺麗《きれい》だし！　もちろん苦手なものもいますけどね！」

「まぁ、虫捕りが好きだったのは俺もかなー。……子供の頃の話だけどね」

「あ！　今、私のこと子供っぽいとか思いませんでした？」

「少し？」

「もー‼」

なつきが頬を膨らませると、怜は笑い出す。それにつられてなつきも笑った。

それから、二人は座ったまま、とりとめのないことを話した。

好きな映画の話とか。どんな趣味を持っているのかとか。学生時代はどんな生活を送っていたのかとか。

一緒にいる時間は長いのに、二人はお互いのことをよく知らない。

だからか、思った以上に会話は弾《はず》み、それから一時間以上、二人はそこで話し込んでしまっていた。

「なつきちゃんって、全然自分を飾らないよね」

話題が途切れたところで、怜はしみじみとそう言った。

なつきはその言葉に、きょとんと首を傾げる。

「そうですか？」

「うん、びっくりするぐらい。だって、虫好きだって公言する女の子って、そうそういないと思うよ？　虫が好きな子自体も珍しいけど、好きでも言わない子のほうが多いんじゃないかな？」

「なんで、隠す人のほうが多いんですかね？」

「かっこつけたいからじゃない？」

怜は前を見据え、口元に笑みを浮かべたまま、淡々と語る。

「そういう子がダメだとは思わないけどね。でも、それって相手の本質がわからなくて、味気ないじゃない？　そういう子とは一緒にいてもやっぱり楽しくないよね」

笑みを滲《にじ》ませながら、怜はなつきに視線を移す。

視線が絡んだ瞬間、なつきは時間が止まったような心地がした。

少し癖のある怜の茶色い髪が、日の光を浴びて淡く輝く。

なつきの手に、彼の手が優しく重なった。

「だからさ、なつきちゃんといるのはとっても楽しいよ」

目尻に皺《しわ》を寄せて怜は笑う。

その顔を見て、全身を流れる血液が一瞬にして沸騰《ふっとう》した。

心臓が早鐘を打ち、唇がかさつく。

全身の至るところから汗が噴き出て、重なった手は自然と握りこぶしを作ってしまった。

「俺さ、なつきちゃんのこと……」

「あ、あの！　私、トイレ行ってきます!!」

なつきは慌てて立ち上がる。

そして、怜から逃げるかのように温室を後にした。

（な、なんで、逃げてきちゃったんだろう。トモちゃんがあんなこと言うから意識しちゃっただけなのかな？　それとも私、本当に怜さんのことを……）

温室近くのトイレで、なつきは鏡に映る自分を見つめながら、そんな自問自答を繰り返していた。

鏡の中の自分は首まで真っ赤に染まっており、今にも湯気が上がりそうなほど。

逃げるようにトイレに駆け込んだ理由を、自分自身にいくら問いただしても、納得できる答えは返ってこない。

(だって、私は築山課長のことが好きなはずで……)

もやもやとした胸の内を確かめるように、築山との思い出を反芻《はんすう》する。

以前ならば、思い出の中の築山にだって、胸をときめかせていたのに……

「もしかして、ほんとうに私、怜さんのことが……？」

そう呟いた瞬間、トイレに入ってきた二人組の若い女性の声が鼓膜を震わせた。

「なんか、外にめっちゃかっこいい人いたんだけど！」

「見た！　あれ芸能人とかじゃない？　声かけて写真撮ってもらう？」

「でも、さっき彼女と合流してたよ。めっちゃ美人の！　さすがに彼女の前で写真は無理じゃない？」

「まじか、ショックー」

きゃっきゃと騒ぎながら二人は鏡の前で化粧を直す。

(芸能人でも来てたのかな)

二人の会話をぼんやりと聞きながら、なつきも口紅を引き直した。

少し時間が経ったためか、鏡に映るなつきはいつもどおりの落ち着きを取り戻しているように見えた。

頬の赤みも、首筋の火照《ほて》りも引いている。

（とりあえず、怜さんのことは後で考えるとして。早くトイレから出ないと、心配かけちゃうかも！）

なつきはトイレから出る。すると、細い道を挟んで向かいのベンチに怜が腰掛けているのが見えた。

声をかけようと口を開くが、その開いた唇から音は発せられなかった。

なぜなら、怜の隣には見知らぬ女性が座っていたからだ。

すごく綺麗《きれい》な女性だった。細くて、身長が高く、笑顔が輝いている。

モデルだと言われても納得できるほど素敵な人だった。

二人が同じベンチに腰掛けている絵は、どこからどう見ても美男美女のカップルだ。

怜の隣にいる彼女は、彼にぴったりとくっつくような体勢で、なにかを話している。

彼女の声が大きいからか、その会話は自然となつきにまで届いてしまっていた。

「ホント、偶然！　びっくりだよ！」

「確かにな。一年ぶりぐらい？」

「三年だよ！　もー、時間感覚バカになってるの？」

「悪い。彩乃《あやの》って全然変わらないから、つい」

「それって褒めてるの？　貶《けな》してるの？」

「褒めてる。多分」

「もー！」

彩乃と呼ばれたその女性は、頬を膨らませながら怒る。

怜もすごく楽しそうに肩を揺らしていた。

古くからの知り合いなのか、二人の間には堅苦しさがない。

それがとても眩《まぶ》しくて、羨《うらや》ましかった。

「今日はここに一人で遊びに来たの？　よかったら、一緒に過ごさない？　今日は健《たけし》たちと会う予定なんだけどさ。怜が来たら、皆喜ぶと思うよ！」

「健たちが。懐かしいな！　会いたいけど、今日は人と一緒だから」

「そっか。じゃ、また近々遊ぼうよ！」

「あぁ、連絡する。……って、なつきちゃん！」

会話の途中でなつきに気が付いた怜が、片手を上げる。

なつきも遠慮がちに片手を上げた。

「お帰り。待ってたよ」

「すいません。遅くなって……」

なんとなく居た堪《たま》れなくなり、なつきは視線を落としながら二人に近付いた。

彩乃は、なつきと怜を交互に見る。

そして、首を捻《ひね》った。

「怜って妹いたっけ？」

「妹って失礼だな。この子は……」

そこでわずかに怜の動きが止まる。

なつきのことを、なんと紹介して良いか迷っているようだった。

（この子は俺の睡眠薬です。なんて言えるわけないよね）

怜となつきの関係は友人でもなければ恋人でもない。

利害関係が一致しているだけの、いわば赤の他人だ。

明らかに親しい彩乃とは関係性が違う。

怜はしばらく迷ってから「友達だよ」と笑った。

その間《ま》の長さに、彩乃はなにかを感じ取ったのか、「ふーん」と訝《いぶか》しげな声を出し、なつきに値踏みするような視線を送ってくる。

なつきは、ますます縮こまった。

「なんか怜って趣味変わったわね。子供みたい」

「おい！」

「まぁいいや。子守お疲れ様！　あと、今日この後、気が変わったらいつでも連絡してくれていいから！　じゃ！」

カラリと笑い、彩乃はその場を去っていく。なつきはその堂々としたうしろ姿を見つめることしかできなかった。


植物園を出てから、なつきは心ここにあらずといった感じだった。

怜に話しかけられても生返事しかできず、そこら辺の段差にも気付かず何度も躓《つまず》いてしまう。

挙げ句の果てには、あまり飲まない炭酸飲料を自販機で間違って買い、更に振ってしまうという失態までやらかした。

怜に止められたので蓋《ふた》は開けなかったが、開けていたら今ごろ大変な事態になっていたと思う。

なつきが呆《ほう》けている理由。それは彩乃にあった。

『まぁいいや。子守お疲れ様！』

彩乃の別れ際の声が脳裏に蘇《よみがえ》る。

その瞬間、身体がずーんと重たくなった。

（やっぱり、私って子供みたいだよね……）

キラキラと輝く彩乃に比べ、なつきは小中学生のようなものだろう。

今日のデートにしたって、服のセンスが悪すぎて怜に迷惑をかけ、虫が好きだとはしゃぎ、急に意識してしまった怜から逃げるようにトイレに駆け込んだ。

これを子供と言わずして、他になんと言うのだろう。

なつきは隣を歩く怜を見上げた。

（怜さんだって、本当はこんなダサくて地味な女の相手なんかしてないで、彩乃さんのような綺麗《きれい》な女性と一緒にいたいはずだよね）

彩乃と一緒にいる時の怜の楽しそうな表情を思い出して、なつきは胸が苦しくなった。

怜がクリスマスイブになつきを誘ったのは、ちょうど休みがその日に重なったからだ。

そうじゃなければきっと、怜だってこんな恋人同士で過ごす代表的なイベントの相手に、なつきを選んだりはしない。

（もしかして、私のほうが遠慮するべきだったのかも……。そしたら、怜さんも彩乃さんと一緒に楽しいクリスマスイブを過ごせたのかな）

彩乃はあの時あっさりと去っていったが、本当に去るべきだったのは自分のほうなのかもしれない。

傍目《はため》には、邪魔者は明らかになつきのほうだった。

なつきは胸に浮かんだ自分の考えに更に深く落ち込んだ。

「なつきちゃん、大丈夫？　体調でも悪くなった？」

とぼとぼと歩くなつきを見かねたのか、怜がそう声をかける。現実へと引き戻されたなつきは、慌てた。

「大丈夫です。ちょっと、考え事をしていただけで！」

「そう、それならいいけど。――って、なつきちゃん、危ない！」

怜が手を伸ばした瞬間、なつきはなにかに躓《つまず》いた。

そのまま、重力に従い身体は前のめりになる。

そして、耳朶《じだ》を叩く水の音。

「え？」

気が付くと、なつきは水路の中に座り込んでしまっていた。

どうやら先ほどつまずいたのは水路を囲っていた縁石《えんせき》だったらしい。

その時、水路の地面から噴き出した水を、なつきは頭から被る。前髪からまるで滝のように水が流れた。

「大丈夫!?」

焦ったような声が聞こえたかと思うと、いきなり腕を掴《つか》まれ立たされた。そして、水路の外まで連れ出される。

見上げると、怜が心配そうになつきを見下ろしていた。

「あー、これはどうしようか。一旦家まで帰ろうか？」

ぐっしょりと濡れた身体に、怜は自分の着ていたコートを掛けてくれる。

その温かさを感じるのと同時に、周りの心ない声も聞こえてきた。

「なにあれ、恥《は》ずかしいー」

「こんな真冬に水浴びとかバカじゃないの？」

「男のほうも可哀想だよな」

ぎゅっと心臓が押し潰され、身体中が羞恥《しゅうち》で熱くなる。

こんな真冬にびしょ濡れになって、バカみたいに醜態《しゅうたい》をさらしている自分が惨《みじ》めで恥《は》ずかしかった。

そして、そんな自分の相手をしなくてはならない怜にも、すごく申し訳なかった。

なつきは肩に掛かっていた怜のコートを彼に返す。

「あ、あの、私、帰ります！　服も濡れちゃいましたし、早く洗濯しないと！」

「そっか。なら、送るよ」

「一人で帰れます！」

「そういうわけにもいかないでしょ？　どうしようか、タクシー呼ぶ？」

優しい言葉をかけてくれる怜から、なつきは距離を取った。

そして、泣き出しそうで歪んだ顔を、彼に見られないように逸らす。

「せっかくのクリスマスイブですし！　怜さんはこのまま好きに過ごしてください！

彩乃さんのところに行ってもいいですし、他の人と遊んでもいいですし！」

「なつきちゃん？」

「今日はとっても楽しかったです！　ありがとうございました！　それじゃ！」

なつきは振り返ることなく逃げた。

しばらく走り、バスに乗り込む。

濡れそぼったなつきの姿を見て、なにやらこそこそと話している人がいたけれど、そんなことが気にならないぐらいへこんでいた。

渡すはずだったプレゼントも、鞄の中でぐちゃぐちゃになってしまっている。

自己嫌悪の嵐だった。

なんでこんなに地味で粗忽《そこつ》で子供っぽいのだろう。

なつきは下唇を噛みしめ、頬に涙を滑らせた。

◆◇◆

びしょ濡れになりデートから逃げ帰った翌日。

なつきは熱い身体を引きずりながら、会社から自宅へ帰ってきていた。

時刻は正午を少し過ぎた辺り。

そう、なつきは熱を出して会社を早退してきたのである。

原因はもちろん、昨日のデートだった。

真冬にびしょ濡れで帰ったというのは、やはりまずかったらしい。

なつきは玄関の扉を開けて部屋に転がり込むと、そのまま倒れるようにリビングの床に横になった。

喉の奥がヒューヒューと変な音を鳴らしている。

先ほどから痰《たん》が絡むような咳《せき》ばかりが出て、身体がまるで鉛《なまり》のように重かった。

（これは早く病院行かないとヤバいやつかも……）

ふわふわとした意識の中、なつきは額《ひたい》に手を当てる。

頭はこれでもかというぐらい熱くなっていた。三十八度は余裕でありそうだ。

（そういえば怜さん、昨日あの後、彩乃さんと会ったのかな？）

昨日びしょ濡れになったことによりスマホも濡れてしまい、壊れて使えなくなっていた。なので、あれから怜とは連絡を取っていない。

せっかくのクリスマスイブなのだから楽しく過ごしてくれたらいいと思う反面、彼の隣に彩乃が並んでいたら嫌だなぁとも思ってしまう。

（もしかして、昨日の夜は彩乃さんと過ごしたのかな）

なつきと出会う前は、女性と寝たりすることでわずかな安眠を得ていた怜だ。そうなっていてもおかしくない。

怜がベッドの中で彩乃を抱きしめる光景が、なつきの頭の中で繰り返し浮かんでいた。

そのたびに心臓は軋《きし》む。

もし本当にそうなっていたとしても、なつきにそれを止める権利はない。

なつきは怜の恋人でもなければ、友人でもないのだから。

(やっぱり私が子供っぽいから、怜さんは手を出してこなかったのかな。もし、私が彩乃さんみたいに綺麗《きれい》だったら……)

悪い光景がさらに不安を掻き立てて、まるで奈落の底に落ちていくような気分になった。

(しんどい……)

心がしんどいのか、身体がしんどいのか、よくわからなかった。

胸も、身体も、頭も、全部が重い。

(ちょっとだけ、寝よう……)

なつきは瞼《まぶた》を閉じる。

すると、意識はあっという間に遠のいていった。

◆◇◆

「なつきちゃん、やっぱり出ない……」

怜は職場である病院の医局で、スマホを手に溜息をついていた。

びしょ濡れで帰ったなつきを心配して、昨日からずっと連絡を取ろうとしているのだが、まったくの無反応。

メッセージにも既読がつかない有様だ。

普段あまりスマホを見ない怜だが、今日は朝からずっとスマホと睨《にら》めっこばかりしていた。

(多分、昨日のやつでスマホが壊れたんだろうな……)

携帯の画面に映った『雨宮なつき』の文字を指でなぞりながら、怜は思考を巡らせる。

昨日のデートは、途中までとても順調だった。

記憶の中のなつきも楽しそうにしていたし、怜も穏やかな雰囲気を楽しんでいた。

けれど、なにかをきっかけにしてその雰囲気は壊れたのだ。

そして、怜を拒絶するような形で、なつきは一人帰っていった。

一体、なにが原因だったのだろう。

(あれは確か……)

『俺さ、なつきちゃんのこと……』

そう言った直後、なつきは怜の手をはねのけてトイレに駆け込んだ。

思い返すと、あれから少しずつ様子がおかしくなったのである。

（やっぱり、気持ちを伝えようとしたのがいけなかったのかな……）

別になにか答えがほしかったわけではない。彼女に好きな人がいるのは知っている。

ただ『好きだよ』と気持ちを伝えたかっただけなのだ。

また、自分はそういうつもりで一緒にいるというのを明確にしておきたかったのもある。

けれどなつきの態度は、それをあからさまに拒絶した。

——いいお友達のままでいましょう。

彼女の態度を訳せば、そういうことになるのだろう。

（思った以上にへこむな）

こんなことぐらいでなつきを諦《あきら》める気はさらさらないが、彼女の気持ちを知ってしまった以上、アプローチの仕方は難しくなってくる。

（とりあえず、仕事が終わったら、なつきちゃんの家まで行ってみよう。ちゃんと帰れたかとかも気になるし）

それから数時間後、怜の姿はなつきのマンションの前にあった。

時間的にはもう会社から帰っている頃合いだが、残業があったりもするので本当に帰っているかどうかはわからない。

怜は確認のため、もう一度なつきに電話をかける。

すると、『電源が入っていないため、かかりません』という、昨日から何度も聞いたメッセージが聞こえてきた。

「ただ電話に出ないだけで、元気ならいいんだけど」

嫌な予感がしながら、怜は部屋の前に立つ。

インターフォンを押そうとした時、その違和感に気が付いた。

なつきの部屋の扉が、ちゃんと閉まっていなかったのである。靴のヒールが挟まり、扉は一センチほど開いていた。

真面目で几帳面な彼女が、こんな状態のまま放置するのはおかしい。

「なつきちゃん……？」

冷たい氷が背中を撫《な》でるようだった。ある種の恐怖で全身が粟立《あわだ》つ。

怜は恐る恐る扉を開けた。

そして、飛び込んできた光景に呼吸が止まる。

なつきが倒れていた。

◆◇◆

寒かった。どうしようもなく寒かった。

身体の内側は煮えたぎるほど熱いのに、身体は寒さで震えていた。

けれど、指先を動かすのも億劫《おっくう》なほどの倦怠感《けんたいかん》が身体中を包み、上下の瞼《まぶた》はまるで糊《のり》でくっついたようにまったく開かなかった。

意識も浮上したり沈んだりを繰り返している。

ふわふわと上下する意識の中、ふいになつきは側に人の気配を感じた。

その瞬間、なにか温かい物にくるまれ、ベッドの上に寝かされた。

額《ひたい》に置かれる手。

その手は冷たいのに、なぜか心はぽかぽかと温かくなった。

(誰だろう?)

不思議と恐怖はなく、頭を撫《な》でる手のひらに安心感さえも覚えてしまう。

しかし、その思考もあまり長くは続かない。

布団を掛けられ温かくなった身体は、なつきの意識をどんどん奥に引きずり込んでいく。

そうして、深い眠りへと落ちていった。

起きたのはそれから何時間後だったのだろうか。

大きな掃《は》き出し窓から見える太陽は、とても昇ったばかりには見えない。壁に掛かっている時計で時間を確かめると、午前八時だった。

「なつきちゃん、おはよう」

「へ？」

身体を起こして最初に見たのは、怜がキッチンでなにかを作っている光景だった。

彼は袖《そで》をまくり上げ、おたまで鍋の中身を味見している。

「怜さん、どうして……」

「連絡ないから心配になって駆けつけてみたら、玄関の鍵が開いててね。覗いたら、なつきちゃんが倒れてたから……」

勝手に入ってごめんね。と、怜は困ったような笑みを浮かべた。

そして鍋の火を止め、なつきに体温計を差し出す。

なつきは素直に体温を計りながら、申し訳なくなって聞いてみる。

「もしかして、一晩中面倒見てくれたんですか？」

「まぁね。といっても、大したことしたわけじゃないけど。それに、少し一緒に眠らせてもらったしね」

なつきは会社帰りのスーツ姿で倒れていたはずだ。なのに今は、パジャマに着替えている。

恐らくこれも、怜がやってくれたことなのだろう。

服を着替えさせてもらったことはありがたかったが、恥《は》ずかしくて顔から火が出る思いだった。

その時、体温計が電子音を響かせる。計測が終わったのだ。

「三十七度九分ね。……なにか食べられる？　一応、お粥《かゆ》を作ってみたんだけど」

「ありがとうございます。いただきます」

なつきはベッドから降り、ローテーブルの前に座った。

すると、目の前にお粥《かゆ》が置かれる。

「熱いから気をつけて食べてね」

「はい」

匙《さじ》で掬《すく》って、息を吹きかける。

口に含むと、ほんのりとした塩味が舌を擽《くすぐ》った。

お米の優しい甘みが胃袋を刺激する。

（美味《おい》しい）

そこで初めてお腹がすいているのだと気が付いた。

昨日は朝から体調が悪く、朝食を抜いて会社に行っていたのだ。

昼も晩も食べることはできなかったので、約一日ぶりのご飯である。

お粥《かゆ》を口に運ぶなつきを見て、怜はほっとしたように息をついた。

「美味《おい》しい？」

「はい。美味《おい》しいです！」

「それ食べ終わったら、一緒に病院へ行くよ。俺もちょうど出勤時間だし、一緒に乗せてくから」

なつきはその言葉に、口に運びかけた匙《さじ》を止める。

「はい。……でも、昨日よりは体調がいいんで、私一人でも行けますよ？　こんなにいろいろしてもらったのに、病院にまで連れてってもらうとか……」

「そんなことで遠慮しなくていいよ。放っておいて、また倒れたら嫌だからさ」

目が合い、怜の優しい視線が絡んでくる。

なつきは恥《は》ずかしさと申し訳なさで思わず俯《うつむ》いた。

「……面倒をかけてすみません」

「面倒じゃなくて、俺は心配したって言ってるの」

窘《たしな》めるような声に、心臓が高鳴る。

怒られて嬉しいだなんて初めての感覚だった。

なつきは俯《うつむ》いたまま頷く。

「はい」

「よし。じゃあ、さっさと食べる！　それぐらい元気なら大丈夫だと思うけど、この時期だからインフルエンザって可能性もあるしね」

「イ、インフルエンザ⁉」

なつきは叫んだ後、慌てて口を覆《おお》った。

その仕草に、怜は噴き出す。

「なにそれ」

「う、移ったらまずいので！」

「その心配なら、もう遅いと思うよ。一晩中一緒にいたんだから、移るならもう移ってるよ。まぁ、医療従事者はあらかじめワクチンを打ってるから、かかりにくくはあるけどね。症状が出ても、きっと軽度だし」

「本当にすみません」

「この場合は仕方がないよ。ってことで、ちゃんと検査しにいこうね」

「……はい」

それからなつきはお粥《かゆ》を食べ終え、身支度を済ませた。

そして、怜の車に乗り込む。

移動中は終始無言だった。

普段はよく話しかけてくれる怜だが、運転に集中してるのか一言も喋《しゃべ》らない。

音楽もかかっていない車内には、車のタイヤが道路のアスファルトを蹴る音だけが聞こえていた。

(本当に怜さんが私の子守りしてるみたい……)

助手席の座面に身体を埋《うず》めながら、なつきは隣の怜を見上げた。

風邪を引いた子供を父親が病院まで連れて行ってる。そんな絵だ。

なつきもいい歳の大人だし、怜も大きな子供がいるような年齢には見えないが、彩乃に言われた言葉が尾を引き、そんなことまで思ってしまう。

そんな時、脳裏に浮かんできたのは、何度も反芻《はんすう》した想像だった。

怜と彩乃が同じベッドで寝ている、あの映像だ。

「怜さん、あの……」

「ん？」

「一昨日《おととい》は、彩乃さんと一緒に過ごしたんですか？」

緊張と咳《せき》のしすぎで、声が掠れた。

なつきの問いに、怜は一瞬黙ってしまう。

顔を見ると、少し驚いたように目を見開いていた。

「……過ごしてないよ。どうして?」

「えっと、あの、その……」

「もしかして、ヤキモチでも焼いちゃった?」

ちょうど信号で車を止め、怜はなつきを覗き込みながらそう笑う。

試すような目をなつきに向けて、薄くて形のいい唇は弧を描いていた。

なつきは彼の言葉と表情に、一瞬にして身体が熱くなる。

そして、口をあわあわと動かし、ふいっと怜から視線を逸らした。

「ち、違います!」

「……なつきちゃんって本当は小悪魔系女子でしょ?」

「なんでそうなるんですか!」

「今の反応、びっくりするぐらい嬉しかったから」

「え?」

車がグンと加速する。

なつきは怜の言葉の真意を聞けないまま、その後はずっと無言で車に揺られていた。

◆◇◆

病院で『ただの風邪』という診断を受けたなつきは、翌日にはもう万全の体調に戻っていた。

怜は仕事が終わるとすぐになつきの家に様子を見に来てくれて、甲斐甲斐しく周りのことをやってくれる。

それはさすがに申し訳ないとなつきが手伝って、結局一緒に家事をしてしまう。そんな和《なご》やかな時間を過ごしていた。

今日は十二月二十七日。今年の終わりが差し迫っていた。

夕食を食べ終えた二人は、なつきの作った生姜湯《しょうがゆ》を片手に、のんびりと過ごす。

怜の不眠を気遣い、なつきはいつもこの生姜湯《しょうがゆ》を食後に出していた。怜もなつきの作った生姜湯《しょうがゆ》の味が気に入っているらしく、いつも笑顔でマグカップを傾けてくれる。

二人の距離は近く、ぴったりと寄り添っていた。

「それにしても、インフルエンザじゃなくてよかったです」

「まぁ、熱もすぐに下がったしね」

「結局、看病させてしまってすみません」

「看病っていう看病はしてないけどね。それに、俺としてはそういう名目で一緒にいられた上に、ぐっすり眠れたから万々歳《ばんばんざい》だよ」

「ふふふ。お役に立てたようでなによりです」

朗らかになつきは笑う。

「もう熱は下がったけど、明日からは会社どうするの？」

「先輩に相談したら、『もうそのまま年始まで休んじゃいなさい！　仕事はどうにでもなるから！』と言われてしまいました」

「そっか。じゃあ、長い休みの始まりだね」

「はい」

元気に声を上げたところ、怜と視線がかち合った。

見つめ合う形になった二人はどちらからともなく、唇を重ねる。

怜の唇は、なつきの唇を味わうように何度か食《は》んだ。

しかしそれだけだ。それ以上、彼はなにもしてこない。

なにかに耐えるように手をきつく握りしめるだけだ。

怜は名残惜《なごりお》しそうに唇を離すと、熱のこもった吐息を零した。

「しないんですか？」

そう聞いてしまったのは、無意識だった。

溢《あふ》れ出た言葉に、なつきは慌てて口を覆《おお》う。

しかし、そんなことをしても吐き出した言葉をなかったことにできるはずもなく、怜は困ったように眉根を寄せた。

「うん、今はね」

「……どうして、ですか？」

視線を落としながら、なつきは聞いた。

もう、こうなればやけである。

頬と頭は熱を持ち、羞恥《しゅうち》で瞳は潤《うる》んだ。

「どうしたの？　今日はいつになく積極的だね」

「私が子供っぽいからしないんですか？」

「彩乃に言われたこと、もしかして気にしてるの？」

気にしてるのか、気にしてないのかを問われれば、気にしている。

怜がなつきに手を出してこない理由がもしそこにあるのだとしたら、苦しいし、悔しいし、やるせない。自分でもどうしてそういう感情が湧いてくるのかはわからなかったが、とにかく切なかった。

「気にしなくてもいいのに」

「でも、気にしちゃいます」

なつきは下唇を噛みしめた。

「彩乃さんみたいに大人で綺麗《きれい》な女性じゃないからですか？　服のセンスが悪かったり、虫が好きだったり、落ち着きがないからですか？」

今度は羞恥《しゅうち》からではなく、瞳が潤《うる》む。

怜は俯《うつむ》くなつきに深くて長い溜息を吐き出した。

きっと面倒くさい女だと思われたのだろう。

なつきの身体は硬くなった。

「なつきちゃん、そういうのあんまり言わないほうがいいと思うよ」

「……ごめん、なさい」

「えっと、そうじゃなくて……」

怜は頭をガシガシと掻いた後、俯《うつむ》くなつきを覗き込んだ。

「そういうこと言うと、まるで抱かれたいって言ってるみたいだよ、ってこと。……それとも、本当にそういうことなの？」

怜の言葉に、頬がかぁっと熱くなった。

なつきは顔を跳ね上げ、恐る恐る怜を見つめた。

「そういうことじゃないでしょ。なら、不用意なことは言わないで。勘違いしちゃうから」

怜はなつきと距離を取り、言葉を続ける。

「俺がなつきちゃんに触れないのはね。途中でやめる自信がないからだよ。一度だって触れたら、もう『ゆっくり教える』なんてできない。……それでも、触れてもいいって言うの？」

「れ、怜さんになら……」

今度は怜が驚く番だった。

なつきは震える指で、怜の袖《そで》をしっかりと握っている。

「いいの？　俺は途中で止まれないって、ちゃんと言ったよ」

なつきは頬を赤らめたまま頷いた。

「……お願いします」

怜はなつきを抱き上げると、ベッドの端に座らせた。

そうして肩を掴《つか》み、押し倒した。身体が布団に深く沈み込む。

怜はそっと唇を重ねた。

先ほどよりもしっかりと合わせられた唇からは、互いの吐息が漏れた。なつきは頭が蕩《とろ》けてくる。

「ん、ん」

回数を重ねるごとにだんだんとキスは深く重なっていき、最後には舌を絡ませ、唾液を交換するような形になった。

怜は唇を離すと、なつきの頬にかかる髪の毛を手で払った。

「キス、上手になったよね」

「……怜さんが教えてくれたんです」

「そっか。じゃ、この先もちゃんと教えてあげないとね」

怜はなつきのパーカーワンピの裾をたくし上げた。

たくし上げられた瞬間、なつきの素肌はいとも簡単に露《あら》わになる。

あっという間に下着を見られてしまったなつきは、とっさに裾を押さえるが、当然怜の力にはかなわない。

「抵抗しないで。乱暴なことはしたくないから」

「でも、私だけ、こんな格好……」

「そうだね。じゃ、俺も脱ごうか」

なつきを跨《また》いだ状態で、怜もセーターとシャツを脱いだ。

現れた逞《たくま》しい身体に、なつきは手を這《は》わせる。

「怜さんって、体温低いですよね」

「そうかな？　じゃ、なつきちゃんが温めて……」

そうして二人の身体は重なった。

服を脱がされ、体中を舐《な》められ、なつきはあられもない声を上げた。

丹念な愛撫は、なつきの羞恥心《しゅうち》と理性をがりがりと削っていく。

潤《うる》んだ場所に何度も指を突き立てられ、かき混ぜられた。

怜はなつきの脚を持ち上げ、身体をぴったりとくっつける。

すると、淫溝の中に、なにかがぐっと押し入ってきた。

「あ、あぁ……」

感じたことがない圧迫感に、なつきの身体は強張った。

ぐっ、と更に彼の雄が押し入ってくる。

なつきは怜の身体に爪を立てながら、背中を反らした。

「なつきちゃん、ちょっと力抜いて……」

怜の苦しそうな声が聞こえて、なつきは何度も身体の力を抜こうと試《こころ》みる。

しかし、痛くて、苦しくて、上手くいかない。

あんなに潤《うる》んで、もうなんでも受け入れられそうだったソコは、思わぬ質量に裂けてしまいそうだった。

「痛《いた》……」

目に涙が滲《にじ》む。怜はその涙を指先で掬《すく》った。

緩く抜き差しを繰り返したあと、男根は最奥を目指す。

「ごめん」

なつきは、怜の申し訳なさそうな声を聞いて顔を横に振った。

「いい、んです。すごく、いっぱいで、あったかい、です」

「なつきちゃんてほんと、煽《あお》り上手」

怜はなつきのくびれを持つと、一気に腰を打ち付けた。

ぱん、と肌と肌がぶつかる音が聞こえる。

なつきの目から涙が流れた。

「あぁあぁっ」

「苦しいのは、一瞬のほうがいいでしょ」

なつきの身体の震えが止まるまで、怜は動かず待ってくれる。

中が狭くて苦しいのか、彼の表情にも余裕はなかった。

しばらくそうやって抱き合って、押し広げられた下半身の痛みが治まってきた頃、怜が声をかけてくる。

「も、いい？」

声を発することができなかったので、なつきは頷いただけだった。

すると、なつきを気遣うように怜のモノが動き出す。

最初は慣らすように、ゆっくりとゆするだけ。

慣れてきたのを見計らい、ぐるりと中を広げるように大きく腰を回された。

「あぁ……あ……あぁ……っ」

「もしかして、もうあんまり痛くなくなってきた？」

なつきの表情からなにかを読み取ったのか、怜はそう聞いてくる。

なつきは瞳を潤《うる》ませながら、締まりのない顔で頷いた。

怜は身体を起こすと、なつきの割れ目を両手で広げる。

「じゃ、もう我慢しなくてもいいかな？」

「がまん？」

なつきが首を傾げていると、怜のモノが徐々に抜かれていく。

先だけが埋まった状態で、怜はなつきにふたたび覆《おお》い被さった。

なにが起こるのかと思った瞬間、怜の切っ先がなつきの最奥を抉《えぐ》った。

「うあっ」

「ごめん、痛かったら言ってね。やめてはあげられないけど」

怜は、そのままがつがつと最奥を目指す。

なつきは頭の芯が蕩《とろ》けていく感覚に、喘《あえ》ぎ声を上げた。

「んぁあぁあっ」

目の前が霞《かす》み、真っ白になっていく。

穿《うが》たれるたびに頭に星が舞って、なつきの意識は何度も飛びそうになった。

「なつきちゃん、きつ……」

「も、だめ――いく……！」

怜が子宮口を叩いたと同時に、なつきは高まりを感じて身体を硬くする。

同時に奥に熱い飛沫《ひまつ》が飛び散るのを感じた。

初めての情事を終え、なつきは怜を抱きしめながら肩で息をしていた。

胸の内には言い知れぬ幸福感が漂っている。

（私って、やっぱり怜さんのこと……）

自分の気持ちがよくわからないまま、なつきは眠気に任せて目を閉じるのだった。

第四章

それは、二人が初めて身体を繋げた翌日のこと。

乱れたベッドの上で、怜は裸のなつきをうしろから抱きしめながら、甘ったるい声を出した。

「ねぇ、なつきちゃん。前々から聞こうと思ってたんだけど、年末年始は実家に帰る予定なの？」

「そうですね。元日は帰る予定ですが、どうかしましたか？」

「いや。年末年始、俺は結構暇してるからさ。一緒に初詣《はつもうで》でも行かないかなーって。でも、実家に帰る予定なら難しいよね」

怜は少しだけ寂しそうな声を出す。

なつきは身体を回転させ、怜と向き合う形になった。

胸板に手を置いたまま彼の顔を見上げると、怜は優しく笑う。

「怜さんは、お家に帰らないんですか？」

「帰ってもすることないしね。それに、いろいろうるさいから帰らないようにしてるってのもあるかな」

「うるさい？」

「結婚とか、恋人とかのことでね。帰ると毎回お見合いの話になるから、ほんと嫌なんだよ。それに、家族には不眠になってるの黙ってるから、夜中に寝てるふりをしなくちゃならないのも辛いし。かといって言えば、心配をかけちゃうしね」

怜の口から飛び出した『不眠』という単語に、なつきの身体はわずかに反応した。

（そっか。私が実家に帰ったら、その日数分だけ怜さんは上手く眠れないのか）

二月には友人の結婚式で実家に帰る予定なので、今年は無理してお正月に帰る必要はない。だから、怜と一緒にいても問題はないのだが。

もしそうなった場合、両親に帰らない理由をどう言えばいいのかわからない。

なつきの姉である沙樹は結婚するまで『お正月は恋人と過ごすから帰らない！』としょっちゅう宣言していたが、怜となつきの関係は恋人ではないのだ。

怜との関係を、馬鹿正直に親に言うわけにもいかない。

（でも、怜さんのことは心配だし……）

「ごめん。こんなこと言うと悩ませちゃうよね。俺は一人でも大丈夫だから、なつきちゃんは里帰りを楽しんでおいで」

なつきの心情を読み取ったのか、怜はそう言いながら頭を優しく撫《な》でてくれる。

「でも……」

「不眠のことなら本当に心配いらないから。なつきちゃんと出会う前は、眠れないながらもなんとかやってこられたんだし。今更一週間や二週間はどうってことないよ。……あと、勘違いしそうだから言っておくけど、俺が年末年始一緒に過ごしたいって言ったのは、睡眠薬とか抱き枕としてなつきちゃんのことが必要だったってだけじゃないからね」

「へ？」

なつきが間抜けな声を出した瞬間、部屋にチャイムが鳴り響いた。

慌ててインターフォンに出ると、そこには沙樹の姿がある。

「おねぇちゃん!?」

『やっほー、来ちゃった！　開けてー』

弾《はじ》けるような元気な声に、なつきは慌てた。

なぜなら、なつきも怜も裸な上に、足元には脱いだ服が散らばっているのだ。

ベッドだって明らかに行為後の乱れようである。

「ちょ、ちょっと待って！　五分！　五分だけだから!!」

焦った声でそう言い残し、なつきはインターフォンを切った。


「いやー。ごめんごめん、彼氏来てるとは思わなくて。なつき、ちょっと前まで恋人いないって言ってたからさー」

部屋に上がった沙樹は怜の姿を見るなり、そう笑った。

彼女の手にはビニール袋が握られており、中にはたくさんのミカンが入っている。

話を聞くと、どうやら旦那さんの実家から送られてきたミカンをお裾分けに来てくれたらしいのだ。

「おねぇちゃん、怜さんは彼氏じゃなくて……」

「じゃあなに？」

「なに……」

なにと聞かれても、どう答えていいのかわからない。

まごまごとしているなつきを照れているだけだと取ったのか、沙樹は怜のことを『なつきの彼氏』として会話を進めていく。

「なつき、めっちゃかっこいい彼氏捕まえたのねぇ。でも、彼氏さん。どっかで見たことがある気が……」

沙樹は顎《あご》を撫《な》でながら、じろじろと怜を観察する。

怜はその様子にたじろぎながらも、愛想笑いを見せた。

「飯田沙樹さん、もうお身体は大丈夫ですか？」

怜がその言葉を放った瞬間、沙樹の中でなにかが繋がったようだ。

「え？　もしかして、先生!?」

「俺は本来外科なんで、チラリと様子を見に行っただけなんですけどね。覚えていてくださって嬉しいです」

怜の言葉に、沙樹は目を大きく見開いた。

「まさか、あの時駆けつけてくれたお医者さんとなつきがねぇ」

怜の正体に気が付き、沙樹は感慨深そうに頷いた。

なつきの部屋の小さなローテーブルを囲んで三人は座っている。

沙樹が二人の関係を勘違いしているのはわかっているのだが、なつきはそれを積極的に否定できないでいた。

怜には悪いと思うものの、『じゃあ、どういう関係なの？』と聞かれても上手に答えられる自信がないからだ。

「あ。もしかしてさ、私が倒れた時に知り合ったの？」

「いえ。俺はなつきちゃんに呼ばれたので、駆けつけたんですよ」

「じゃあ、あの時はもう付き合ってたってこと!? ちょっと、彼氏はいないって言ってたじゃない！」

「えっと……」

沙樹に勢いよく肩を叩かれて、なつきは視線を泳がせた。

怜を見たところ不快な表情はしておらず、むしろニコニコと機嫌がよさそうだったので、とりあえずは一安心だ。

（けど、ちゃんと後で謝っておこう……）

こんな地味でちんちくりんな自分の彼氏だなんて、怜が可哀想だ。そう思う一方で、その勘違いが嬉しいという感情があるのも、また事実だった。

（やっぱり私、怜さんのこと好きなのかな……）

そうは思ってしまうが、そう結論づけるには、決定的ななにかが足りない気もした。

「そういえば、そっちにも父さんからメールがきたと思うんだけど、なつきは年末年始、実家に帰るつもり？」

なつきは顔を上げる。

それは先ほどまで怜としていた話だった。

なつきとしては、帰らなくてもいいかな……と思っているのだが、その理由をどう説明したものかわからない。

「えっと、そのつもりだったんだけど……」

「怜さんとは一緒にいないの？」

「それは……」

チラリと怜を見る。

怜もなつきのほうを見たまま、苦笑いで肩を竦めた。

そんな二人を交互に見て、沙樹は手を叩く。

「よし！　ここはおねぇちゃんに任せなさい！　二人の恋のキューピッドになろうじゃないか！」

そう言うや否《いな》や、沙樹は電話をかけ始める。

「あ、お父さん？　うん、元気だよ。なつきも。うん、そう」

どうやら、沙樹がかけた先は実家の父親らしい。彼女は軽快に笑いながら、近況報告をする。そして……

「そういえばさ、なつき、彼氏できたみたいだから今年のお正月帰れないって！」

「えっ⁉」

なつきは思わず声が裏返る。

沙樹は唖然とするなつきにVサインを出しながら、電話口の父親に相づちを打つ。

「あ、うん。わかった。うん、うん、伝えとくね。了解ー」

そうして、あっという間に電話を切ってしまった。

「お父さん、実家に帰ってこなくてもいいって！」

「おねぇちゃん、勝手に……」

「いいじゃない！　父さんに『彼氏ができた』って、照れくさくて言えないから困ってたんでしょう？」

当たらずも遠からずである。

「そんなんじゃ、怜さんも可哀想だしね！　おねぇちゃんが一肌脱いであげたってわけ！　ありがたく思いなさい」

「うん。ありがとう」

困っていたのは事実なので、ここは素直にお礼を言っておく。

これで、なにも心配することなく怜の側にいられるのだ。そう思うと、沙樹には感謝の気持ちでいっぱいだった。

しかし、沙樹はここで二人に爆弾を落とす。

「で、お父さんがね、年末年始は帰ってこなくてもいいから、近々彼氏を連れてうちに帰りなさいって！『お父さんがいい男か見極めてやる！』だって」

「本当に待って！　なんでそんなこと勝手に!!」

一瞬にして冷や汗が噴き出た。

焦るなつきとは違い、怜は少し驚いただけで涼しい顔をしている。

「いいじゃない。怜さんなら、お父さんが反対することないだろうし！」

「そういう問題じゃなくて！」

「そういうことなら俺も、なつきちゃんのお父さんに認めてもらえるように頑張らないとね」

「怜さん!?」

沙樹の言葉に同意したのは、まさかの怜だった。

なつきは信じられない顔で怜を見上げる。

「お、やる気だね！　うちの父は一筋縄ではいかないよー」

「頑張ります。手土産《てみやげ》はなにがいいですかね？」

「お父さんはお酒をよく飲むよ。お母さんは甘い物が好きかなぁー」

「それじゃ、その辺りでいろいろ考えておきますね」

「ちょっと！」

悪ノリを始めた怜を、なつきは焦りながら止める。

「なつきちゃんも今度一緒に手土産《てみやげ》を考えてくれる？　服装はスーツでいいかな？」

「いいと思いますけど――って、そういうことじゃなくてですね！」

二人がじゃれ合い始めると、沙樹は笑みを滲《にじ》ませながら立ち上がった。

「ふふふ、二人のこと邪魔してもいけないから、そろそろ帰るわね。旦那も近くで待たせてるし！」

「え!?　じゃあ、車のところまで送るよ！」

「ありがとう」

玄関のほうへ向かう沙樹に、なつきは小走りでついていく。

沙樹は靴を履くと、振り返り怜に頭を下げた。

「不束《ふつつか》な妹ですが、どうぞよろしくお願いします」

「はい。こちらこそ大切な妹さんを預けていただいて、ありがとうございます」

「ちょっと、二人とも！」

頭を下げる両者の間で、なつきはこれでもかというほど狼狽《うろた》えていた。

「おねぇちゃんにちゃんと言ってない私も悪かったと思いますが、怜さんも悪ノリしすぎです!!」

「ごめん、ごめん」

沙樹を無事に送り届けた後、なつきは部屋で怜に気炎を上げていた。

怜は機嫌がよさそうな笑みを浮かべ、座ったままなつきをうしろから抱きしめている。

「でもこれで、今年の正月は一緒にいられるね」

「そうですけど……」

「もしかして、嫌だった?」

少し不安そうな怜の声に、なつきは首を横に振る。

「そうじゃないんですけど。今度帰った時、父さんに彼氏のことを聞かれたらどうしようかなって、それだけが心配で……」

「それなら、今度帰る時、俺も一緒に連れて帰ればいいんじゃない?」

「それだと本当に彼氏って思われちゃいますよ」

「別にいいよ」

さらりとそんな風に言われ、なつきは怜の腕の中で狼狽《うろた》えた。

どういう反応をするのが正解かわからず、「冗談はやめてください」と、そわついた声で言うのが精一杯だった。

怜のこういう態度は本当によくないと、なつきは思う。

彼といると、まるで本当に彼が自分に好意を向けているのではないかと思ってしまうのだ。

そのたびに、自分たちの関係は単なる契約関係なのだと、自戒しなくてはいけない。

「冗談、ね。まぁいいや。……それでお正月の話に戻るんだけど、もしなつきちゃんが嫌じゃなかったら、年末年始はうちで過ごさない？」

「怜さんの部屋で？」

「そう。どうかな？」

何度もお邪魔している怜の部屋だが、こうやって誘われるのは珍しい。

しかも話の感じからいって、年末年始の一週間ほどをずっと一緒に過ごそうということだろう。

確かに、どうせ一緒に寝るのならば、お互いの家を行き来するより、そっちのほうが面倒は少ない。

なつきは少し考えた後、頷いた。

「いいですよ」

「じゃあ、いろいろ買い出しに行かないとね」

「なにをですか？」

「パジャマとか、身の回りの物。うちにしょっちゅう来るんだから、そろそろ置いておいたほうが楽なんじゃない？」

怜の部屋には、なつきの私物はほとんどない。

化粧落としなどはさすがに置かせてもらっているが、それだけだ。

寝る時は怜の私服を貸してもらっているのが現状である。

確かになつきも今の形で怜の部屋に通うことに不便を感じていた頃合いだ。その提案は純粋に助かるものだった。

けれど、それはまるで彼氏の家に通う彼女のようで図々しくないかと心配になる。

「いいんですか？」

おずおずとそう聞くと、怜はもちろんだと頷いた。

「そうと決まれば、さっそく準備しようか！」

「え？ 今から出かけるんですか!?」

「うん。それでそのまま俺の家に向かおう」

「えぇ!?」

急すぎる提案に狼狽《うろた》えながらも、なつきは怜とのショッピングに出かけるのであった。

◆◇◆

買い物を終え、二人して怜の部屋に帰ってきた二十時過ぎ。

買ってきた物を整理すると言ったなつきを残し、怜は先にシャワーを浴びることにした。

火照《ほて》った頭を冷やすために、わざと冷水を浴びる。

キンキンに冷えた水が、頭の先から足の指まで滑っていく。

（とうとう囲い込んでしまった……）

後悔はなかった。むしろ本当は、もっと早くこうしたかった。

今はお正月の間だけだと言ってあるが、いずれはなし崩しに、なつきをここに囲い込むつもりである。

合鍵も、もうすでに渡した。

渡した時のなつきの様子を思い出し、怜の口に笑みが滲《にじ》む。

『そ、そんな！　合鍵なんて大事なもの、もらえないです！』

『そんなこと言わず、もらってほしいな。ほら、俺の仕事って急患が入ったりしたら時間通りに終われないからさ。そういう時に部屋で待ってるように！』

その言葉になつきは数秒逡巡《しゅんじゅん》し、はにかみながら頷いた。

『じゃあ、そういう時は美味《おい》しいご飯でも作って怜さんの帰りを待ってますね』

彼女の言葉の温かさに愛おしさが込み上げて、どうしようもなかった。

（もう、ほんと可愛い……）

自分でもおかしいぐらいに、気が付けば夢中になっている。

あんなに煩《わずら》わしく思っていた不眠症なのに、彼女と会える理由になると、嫌ではなくなったのだから、本当に頭がおかしくなったのかもしれない。

年末年始を一緒に過ごすことについて、なつきも嫌がっている感じではない。

むしろ、時折見せる彼女の表情は、怜に好意を寄せる女性のそれだ。

期待しすぎてはいけないと思いつつも、もしかしたら……という思いも捨てきれない。

彼女が自《みずか》ら身体を開いてくれた事実も、怜の期待を煽《あお》っていた。

けれど、彼女の胸の中には自分より早く巣を作っている男がいるのだ。

「築山、か……」

彼女の想い人の名前を口にする。

すると、今度は身体だけでなく、心の芯まで冷えていくようだった。

正月休みが終わり、仕事も落ち着いてきたある日。

会社の資料室の前を通りすぎる男たち数人は、口々に愚痴を言い合う。

「でさー、築山課長ってば、すごい無茶を要求してきてさー」

「あの人、ノリはいいんだけど、そういうところあるよな」

「噂なんだけど、あの人しょっちゅう自分のミスを後輩のせいにするらしいぞ！　二年前とかも自分で消したデータを後輩の女の子のせいにしたらしいし！」

「うわー。最悪！」

「あ。築山課長っていったら、最近課長のところに可愛い新人入ってこなかったか？　純情癒《い》やし系の可愛い子！」

「ばーか！　アレは前々からいる子だよ！　……確か名前は、雨宮……」

彼らは、まさか資料室内に件《くだん》の女性がいるとも知らず、通り過ぎた。

そして、本人であるなつきがその事実を知るのは、もう少し先の話――

◆　◇　◆

「はっ……くしゅっ！」

なつきは先輩の絵梨と二人、資料室で次の仕事に使う過去の資料を探していた。

「雨宮さん、大丈夫？　風邪？」

絵梨がそう気遣ってくれる。

彼女もちょうど別の仕事で過去の資料を探していたらしく、先ほどばったり資料室でかち合ったのだ。

「違うと思います。資料室が埃っぽくて……」

「あー。ここ、最近掃除してないものね」

「いつもは埃っぽいなぁと思っても、くしゃみまではしないんですけどね。……は……くしゅっ！」

年末の風邪が治りきっていないのかとも思ったが、身体の調子はいつもどおりなので、そんなことはないだろう。

宙を舞う埃がなつきの鼻を擽《くすぐ》り、彼女はまたくしゃみをした。

「本当に大丈夫？　でも、もしかしたら、噂されてるのかもしれないわね」

「噂？」

「雨宮さん、最近可愛くなったって評判だからね。誰かがデートに誘おうとしてるのかも！」

絵梨の思ってもみなかった想像に、なつきは噴き出した。

「そんなわけないじゃないですか。私は絵梨さんと違って地味子なんですよ？　そんな私を誘おうとする人なんて、なかなかいませんよ」

「嘘じゃないわよ。しかも、年が明けてからさらに可愛くなってるし。心当たりがまったくないとは言わせないからね！」

絵梨はニヤリと笑って、なつきの鼻先に指を突きつけた。

——思い当たることが、ないわけではない。年が明けてからなつきは、怜の家に行くことが多くなった。

そして彼の家に行った時は、一緒に服を選んだり、髪をセットしてもらったりすることが多いのだ。

外科医だからか怜の手先は器用で、どんな髪型でも結構難なく作ってしまう。

さすがの怜でも化粧まではできないが、作ってもらった髪型と服装に合うように、なつきは毎回気合いを入れるようになった。それに、化粧の勉強もするようになった。

「なんか心境の変化でもあったの？　好きな人ができて変わろうと思ったとか？」

「いえ、そういうわけじゃ……」

最初は築山好みに変わろうと思ったなつきだが、今はそういう感情はあまりない。築山に対する気持ちよりも怜に対する気持ちのほうが大きく膨らんでいて、その事実に戸惑っているのが現状だった。

怜は契約どおりになつきを『派手な女の子』に変えてくれているだけだというのに……

(でも、やっぱり派手な服は似合わないんだろうな。怜さん、あんまりそういう服、薦めないし……)

今日してもらった髪型も、ハーフアップを少しアレンジしたもので、派手というよりは、清楚といった感じだ。

「あ、そうそう、築山には気を付けなさいよ！　雨宮さんが変わったたって、一番目の色変えてるのアイツなんだからね！　少しでも隙を見せるとアウトよ！　去年の社員旅行の件もあるし、本当に要注意よ！」

「社員旅行？」

なつきは首を捻《ひね》った。

去年の社員旅行といえば、なつきが湯あたりで倒れたあの社員旅行だ。

築山が倒れたなつきを部屋に運び、添い寝してくれたことがきっかけで、なつきは彼が『なつきの体質が効かない人』だと知ることができた。

そして、築山への想いが加速した出来事である。

そんななつきの想いを知らない絵梨は、腕を組んだまま眉間に皺《しわ》を寄せた。

「覚えてない？　去年の雨宮さん、社員旅行で湯あたりして倒れちゃったじゃない？　アイツ、それをいいことに、送り狼《おおかみ》になりそうになって」

「え⁉」

「ま、雨宮さんは知ってるわけないわよね。私を含めた何人かが急いで雨宮さんの部屋に入ってみたら、アイツ大いびきかいてあなたの隣で寝ていたのよ」

「へ？」

間抜けな声が出た。

なつきの記憶の中では、築山は自分を部屋に送り届けてくれて、隣で添い寝してくれただけだ。

その時になにかずっと話しかけてくれていた気がしたが、朦朧《もうろう》とした意識の中、なにを話してくれているのかまでは聞き取れなかった。

もしかして、あの『話しかけてくれていた』と思っていたことは全部いびきだったのだろうか。

なつきは恐る恐る、絵梨に聞いてみることにした。

「あ、あの、なにかの間違いじゃないですか？　私、送り届けてもらっただけですし、築山課長はずっと隣で話しかけてくれてて……」

「アイツ、寝言がすごいらしいから、それの間違いじゃない？　同じ部屋になった奴が言ってたわ。それに、私たちが押し入った時、アイツしっかりとゴムを握って寝てたのよ？　そんなヤツが添い寝だけで終わらそうとしたと思う？」

「それは……」

「だから、本当に気を付けなさいよ！　なにかあってからじゃ遅いんだからね！」

湯あたりで倒れたなつきを介抱して、添い寝までしてくれていた優しい築山のイメージが音を立てて崩れる。

しかも、話が本当なら築山は『なつきの体質が効かない人』ではないということだ。

「それじゃ……築山課長は……」


「どうしたの？　今日はなんか元気ないね」

怜がそう声をかけてきたのは、夕食が終わってすぐだった。

彼の部屋で一緒に食事をしていたなつきは、食べ終えた食器を片付けながら、「いえ……」と曖昧《あいまい》に笑う。

怜はなつきに近付くと、心配そうに顔を覗き込んできた。

「なにかあったの？」

「なんでもないです。すみません」

「謝ってほしいんじゃなくて、俺は頼ってほしいんだけど」

怜はなつきの肩口に顔を乗せ、お腹に腕を回してきた。

それはまるで恋人同士の触れ合いのようで、じわじわと身体が熱くなってくる。

「俺に内緒にしたいなら仕方がないと思うけど、話せることならなんでも話して」

砂糖をまぶしたような声に、背筋がゾクゾクした。

そして、彼の優しさに甘えたくなってくる。

「実は、築山課長のことで……」

「築山……」

怜の声がわずかに低く、硬くなった。

なつきは少しだけ不思議に思いつつも、今日絵梨から聞いた話を怜にするのだった。

――とはいえ、なつきが怜に話したのは、去年の社員旅行で築山がなつきの隣で寝ていたという事実だけ。

彼がゴムを握っていたことや、送り狼《おおかみ》になる目的で添い寝したことは、さすがに恥《は》ずかしくて言えなかった。

その話を聞く怜は終始無言で、とても機嫌がいいようには見えない。

なつきはそんな怜の様子が気になりながらも最後まで話し、息をついた。

「それじゃつまり、全部なつきちゃんの勘違いで、築山って人は『体質が効く人』だったってこと？」

「はい。そういうことですね……」

「ふーん」

やはり、不機嫌そうに怜は頷く。

「で、なつきちゃんはそれがショックだったってことだね」

「ショック……?」

ショックというよりは驚いただけだ。

今までの認識と現実との差にびっくりして、それで思考が止まっていたというのが正解のような気がした。

(でも、そうか。本当に築山課長のことが好きなら、ショックを受けるのか……)

そこで、なつきは改めて自分の心と向き合った。

そして、目の前でなにか考え事をしている怜をじっと見つめる。

彼と視線が絡んだ瞬間、心臓が高鳴った。

(やっぱり私、怜さんのことが好きなんだ)

始まりは歪《いびつ》だったと思う。そして今のこの関係も正常とは言い難い。

けれど、この気持ちだけは歪んでいない気がした。

(でも、私が築山課長のことが好きではなくなったら、この関係は? 怜さんとはどうなるんだろう……)

怜との関係は、なつきが築山のことを好きだという前提の下に結ばれている。『お勉強』

は、そのための物だ。

つまり、なつきが築山のことを好きではなくなった瞬間、怜との関係は壊れる。

怜は眠るためになつきのことを必要とするだろうが、怜がなつきに提示する交換条件がなくなってしまう。

好きな人と一緒にいられるのだから、なつきは交換条件などなくても構わない。

けれど、怜はそれを、きっとよしとはしないだろう。

彼は以前、恋人という存在を『面倒くさい』と言っていたのだ。つまり、気持ちを向けるなつきのことを『面倒くさい』と思ってしまう可能性もある。

(どうしたら……)

「もう、その男やめれば。言っちゃ悪いけど、あまりいい男だとは思えないよ」

「え？」

怜の言葉に、なつきは顔を上げた。

彼はいつになく真剣な顔で、なつきを見下ろしている。

唐突に感じた怜との別れの気配に、なつきの唇は震えた。

「そ、そうなったら、怜さんとの関係はどうなっちゃうんですか？」

「それは。……もう、契約関係じゃなくなるよね」

なつきは固まった。

やはり、築山とのことがなくなったら、自分は怜と一緒にいられないのだ。

一瞬にしてそう理解したなつきの心臓は、ぎゅっと縮む。

「だから、俺と……」

怜が別れの言葉を発する前に、なつきは彼の唇を奪った。

服を掴《つか》み彼を引き寄せ、無理やり押しつけるように唇を合わせる。

そして、泣き出しそうな声で懇願《こんがん》した。

「嫌です！」

「……なつきちゃん」

「怜さん、『お勉強』を教えてください。私、一生懸命頑張りますから！」

ぐっと怜は押し黙った。

なつきは必死に言い募《つの》る。

「えっと、私の体質だって今後変わるかもしれないですし、築山課長が変わるかもしれない。だから、契約はこのまま――」

「そう。そんなに好きなんだ……」

怜は明らかに陰った声を出して、なつきを引き寄せた。

そして、いつになく乱暴に唇を合わせる。

まるで噛みつくようなキスに、なつきは狼狽《うろた》えた。

しかし、距離を取ろうにも彼はなつきの腕をがっちりと掴《つか》んだまま放そうとしない。

無遠慮に舌を差し込まれ、口腔《こうこう》を舐《な》め回される。

「ん、ふぅ、んっ！」

息ができなくて、目尻に涙が浮かんだ。

「じゃあ、今日はちょっとレベルアップした『お勉強』をしようね」

こちらの息が詰まってしまいそうな苦しい声を出して、怜は陰惨《いんさん》な表情で微笑んだ。

「ぅんっ、あ、あぁっ！　あ、あ、あぁ、あんっ」

なつきは貫かれるたびに、怜につかまりながら喘《あえ》ぐ。

喉を反らし、唇を噛みしめる。噴き出た汗が背中を伝った。

行為中、怜はいつになく無言だった。

なつきの中が締まるたびに、苦しげに息を吐くがそれだけだ。

いつもはもっといろいろ会話をしながら身体を繋げるのに、今日の彼は一言も話そうとしなかった。

「れい、さん？」

なつきは心配になり、彼の頬を撫《な》でた。

怜は腰を止め、なつきを見下ろす。

「大丈夫ですか？」

「なにが？」

「いえ、今日はずっと喋《しゃべ》らないから……」

自分とこういうことをするのが嫌になったのではないかと、無理しているのではないかと、そんな思いが頭をもたげる。

怜はふたたび緩く腰を動かしながら、切なそうな声を出した。

「なつきちゃんは、なんて言ってほしいの？　恋人のような言葉をかけてほしい？」

いつも優しげな怜の顔が陰っていた。

なつきはゆっくりと突き上げられながら、彼を見上げることしかできない。

「それで、なつきちゃんはその言葉を築山って人から言われたように妄想するのかな？　目でも瞑《つむ》って」

「そんな、ことっ」

「今のこの行為も、なつきちゃんの中では彼に抱かれていることになっているのかもしれないね」

中をぐちゃぐちゃとかき混ぜるように怜は腰を回す。

内壁を擦《こす》られて熱くなった頭では、なかなか言葉が思いつかない。

「や、ちが、そんな。これは、ぁ、怜さんと、んんっ」

「こんなにも空《むな》しい行為は初めてだよ。本当に抱いてるのは俺なのにね」

怜は自嘲の笑みを浮かべた。

彼はだんだんと抽送を速めていく。そして、なつきのいい所を重点的に擦《こす》り上げた。

「ふあぁっ！　あぁっ、ちょ、れい、さ、あぁっ!!」

「でも、最初にそれでいいって言ったのは俺だもんね。いいよ」

怜はなつきの目元を手で隠した。

いきなり暗くなった視界に狼狽《うろた》えていると、唇になにかが押し当てられた。

それが怜の唇だと知った瞬間、上唇を甘く噛まれた。

「今、君の中にいるのは『築山サン』だよ。ほら、想像して」

「や、やだ……」

彼のいじわるな言葉に、なつきの中がぎゅっと狭くなる。

「はっ。築山サンとのえっちはそんなにキモチイイの？　すごいよ。トロトロなのに、食いちぎるのかってぐらいに締め付けてくるよ」

「ちが、これはっ！　あっ！　やだ、奥っ!!」

コツコツと子宮口をノックされて、淫溝は彼のものを搾り取るようにうごめいた。

「可愛いよ、なつき」

――きっと怜は今、築山を想像しやすいようにあえていつもとは違う風になつきの名を呼んだ。

悲しくて、涙が出そうになる。なつきと築山がそういう関係になってもいいのだと、そう言われたような気分になったからだ。

でも、怜を受け入れた身体は気持ちと関係なく喜んでいて、これでもかと蜜を滴《したた》らせる。

「こんなに喜んでる。俺ってば、本当にもう形無しだね」

「……怜さん」

「最後ぐらいは俺の顔を見てイッて」

視界が明るくなり、怜の顔がふたたび瞳に映る。

彼の顔はなぜか泣きそうなほど歪んでいて、なつきは切なくなった。

怜は激しくなつきを突き上げた。

最後にはクリトリスまでいじり、なつきを絶頂に押し上げる。

「あ、あぁ、あんぁあっ！」

フラッシュが焚《た》かれたように、視界が一瞬にして白む。

背中が反り返り、シーツを蹴るつま先が痙攣《けいれん》した。

ひくつくなつきの腰を抱え、怜は熱き滾《たぎ》りを吐き出した。

◆◇◆

翌朝、なつきが起きた時にはもう怜はいなくなっていた。
テーブルの上には『仕事に行ってきます』の置き手紙。
なつきはその手紙を握りしめながら、怜との関係を思った。
築山に触れてもらえないことより、怜との関係が終わるのが怖かった。
もう必要ないと言われてしまうのが恐ろしかった。
けれど、怜との関係は築山のことがあってこそ成り立っている。
それがなくなれば、この関係はあっという間に破綻《はたん》してしまう。
簡単に、あっさりと、跡形もなく。
おそらく彼は、なつきとの関係を切って捨てるつもりだ。
怜にとって、なつきはその程度の存在なのだ。
『それは。……もう、契約関係じゃなくなるよね』
怜の硬い声を思い出し、なつきは心臓が潰れる思いがした。
（ちゃんと隠さないと……）
怜に向けるこの気持ちは、決して気付かれてはいけないものだ。
今まで通りになつきは築山のことを思っているふりをして、怜の側にいなくてはいけない。

「辛いなぁ……」

絶対に叶わない、自《みずか》らの恋に涙が滲《にじ》んだ。

◆　◇　◆

あの日を境に、怜はなつきに対してよそよそしくなった。

優しいは優しいのだが、前のように密着して寄り添うようなことはしなくなったし、会話だって少ない。

たまに呼び出され、数日一緒にいることになっても、朝はなつきが起きるよりも早く出て行き、帰ってくれば会話も早々に『お勉強』をして眠りにつく。

それはまるで、自分の体質だけを求められているようで、なつきは苦しくなった。

そのくせ『お勉強』の時は、彼は別人のようになつきを求めてくる。激しく身体を重ねては、何度も名を呼び、数え切れないほどのキスの雨を降らせてくるのだ。

そして、行為が終われば愛おしそうに頭を撫《な》で、次の瞬間には苦しそうに顔を歪める。

その繰り返しだ。

正直、なつきは怜のことがよくわからなくなっていた。

今日もなつきは、怜のことを考えながら仕事をしていた。

時刻は十一時半。もうすぐ昼休憩になろうかという時間だ。

なつきは会議の資料を持ち、会社の廊下を歩く。

（私、怜さんになにかしちゃったかな？）

──怜が変わったのは、築山の話をした後からだ。

もし、怜が変わったことになつきが絡んでいるならば、その時以外にはない。

（もしかして、私の気持ちがバレちゃったとか？）

察しのいい怜のことだ。なつきの気持ちをいち早く察知し、よそよそしくなったというのは十分に考えられることだった。

（やっぱり、私の気持ちって怜さんには迷惑なのかな）

想うだけでも許されないとするならば、どうすればいいのだろうか。

もう気持ちは止められないところにまできているのに、想うことすら拒絶されるのなら、もう怜の側にはいられない。

しかし、もしそうならあんなに激しく求めてくる彼の理由もわからない。愛おしそうに頭を撫《な》でる理由も、苦しそうに顔を歪める理由も、全部わからない。

結局のところ、なつきにはなにもわからないのだ。

怜の気持ちも、これからどうすればいいのかも。

「あの、雨宮さん」

思考の海に沈んでいると、背後から声がかかった。

振り返ると、あまり接点のない男性社員がいる。

年齢はなつきより一、二歳ほど上だろうか。

なつきはその人の名前さえもわからなかった。

きっと他の部署なのだろう。

「なんでしょうか？」

「今日、お昼一緒にどうですか？」

「え？」

なつきは、その誘いに固まった。

そして、しばらく頭を悩ませた後、「あぁ！」と納得して頷く。

「もしかして、打ち合わせですか？」

「そうじゃなくて！　普通に食事です！」

「普通に食事？」

「えっと、誘ってるんです！　雨宮さんのこと、最近、その、いいなぁって思ってまして！」

頬を桃色に染めながらたどたどしくそう言う彼に、なつきの頬も熱くなった。

そういうことか、と理解した瞬間、恥《は》ずかしさが込み上げてくる。

「あの、えっと、お誘いはありがたいのですが……」

「ダメですか？」

「ごめんなさい」

なつきが頭を下げると、男は負けじと食い下がってくる。

「それじゃ、連絡先を教えてくれませんか？」

「連絡先？　それぐらいなら……」

なつきが携帯を出した、その時だった。

「そんなところで、なにをしてるのかな？」

またもや背後から声がかかった。男性の声だ。

「築山課長!?」

ひっくり返った声を出したのは男性社員で、なつきは目を瞬《また》かせただけだった。

「梶《かじ》くん。ナンパは、時と場所を選ぼうな」

「あ、すみません」

築山に窘《たしな》められ、梶と呼ばれた男性社員はそそくさと去っていく。

その背中が廊下の先に消えた後、築山はなつきの肩をぽんと叩いた。

「大変だったな」

「あ、はい」

別段困った事態でもなかったのだが、なつきは築山の言葉に合わせるように頷いた。助けてもらえてありがたいのは事実だったからだ。

肩に置かれた築山の手は、しっかりとなつきを掴《つか》んでいる。以前ならばその手にドギマギしていたけれど、なつきはもうなにも感じなくなっていた。

本当に彼のことを好きではなくなったのだな、と感じると共に、突然現れるなんて築山はどうしたんだろうと首を捻《ひね》ってしまう。

「実は、俺も雨宮さんを探してたんだ」

築山はなつきに一冊のファイルを差し出した。

クリアファイルに書類が何枚か入っている。それは以前なつきが築山に提出したものだった。

「午後からでいいから、この書類の直しをお願いできるかな」

「あ、はい」

「それじゃ任せたよ」

そのまま築山は去っていった。

昼休憩を終えたなつきは、午後一番に簗山から預かったクリアファイルを開けた。

すると、書類の間からなにかがひらりと足元に落ちてくる。

それは長細い紙だった。

なつきはそれを拾い上げ、目を丸くする。

それは、好きなバンドのプレミアチケットだった。

席もいいもので、なつきも応募したが手に入れられなかった。

そのチケットに、一枚の付箋が貼り付けてあった。

『当日、十一時に会場前で待ってるね。簗山』

「ど、どうしよう……」

なつきはそのチケットを見つめながら、困惑したような声を出した。

今日は怜と会う約束をしていない。

少し前まではほとんど毎日会っていたので、こんな風に一人で過ごす夜は珍しかったのだが、今はさほど珍しくなくなっていた。

なつきは簗山から受け取ったチケットを蛍光灯に透《す》かしながら、溜息をつく。

（やっぱり断ろう……）

嬉しくないわけではない。少し前まで憧れていた人から誘われたのだ。しかも、なつきが行きたかったライブだ。

けれど、自分の心に正直であるならば、行かないのが正解だろう。

怜はまったく気にしないかもしれないし、むしろ思いが成就したと喜んでくれるかもしれないが、なつきは好きな人がいるのに異性と一緒に出かけることには罪悪感があった。

幸いなことにチケットは来月末のもので、今から断っても十分なつきの代わりは見つかるだろう。

「明日、ちゃんと断ろう」

◆◇◆

翌日の夕方。

なつきは会社を背にしながら、チケットを片手に肩を落とした。

「うぅ……、簗山課長と上手く二人っきりになれない……」

なつきの勤める広告代理店の営業部は大きく、フロアが二つに分かれていた。

簗山は現在二つの課の課長を兼任しており、なつきのいない下のフロアにいることが多いのだ。

なので、同じ職場の上司といっても顔を合わせることは少ない。

しかも、仕事中にチケットを返すわけにもいかないので、朝来た時や昼休憩を狙ったのだが、なかなか築山は捕まらなかった。

終業時刻になっても、築山は営業で外に出ているらしく、結局チケットを返すことは叶わなかった。

「また明日か……」

なつきがチケットを鞄に入れたその時だった。

突然、鞄の中のスマホが震えた。

見ると、『怜さん』という文字が表示されている。

なつきは慌てて電話を取った。

すると、一昨日《おととい》聞いたばかりなのに不思議と懐かしい声が耳朶《じだ》を打つ。

『なつきちゃん、今いい？』

「はい！」

嬉しくて思わず声が跳ねた。その声を聞いて、怜が喉の奥で笑う。

『元気だね。なにかいいことがあったのかな？』

「そ、そういうわけでは……」

恥《は》ずかしくて俯《うつむ》く。

怜はいつも通りの優しい声で、なつきに語りかけてきた。

『いきなりなんだけど、今日会えるかな？　勤務時間を勘違いしてたみたいで、早く帰れそうだから』

「大丈夫です！」

『……それと、今日は久々に一緒に夕食を作ろうか。最近は、その、あんまりちゃんと会話してなかったからさ』

「はい！」

怜の言葉に、胸がぽかぽかと温かくなる。嬉しくて顔がにやけた。

小さなことだが、怜がなつきのことを気にかけてくれたのが嬉しくて堪《たま》らない。

なつきは電話を切り、急いで怜との待ち合わせ場所に向かうのだった。


落ち合った怜は、なぜか気まずそうにしていた気がした。

なつきと怜は、少し前の二人のようにスーパーで夕食の材料を買い、彼の部屋に行った。

そして、手際よく二人で材料を切っていく。

今日のメニューに選んだのは鍋だ。鍋の素《もと》はスーパーで買ったので、切り終えれば材料を入れて煮込むだけである。

「あのさ、最近はごめんね」

並んで食材を切っていると怜がそう謝ってきて、なつきは顔を上げた。

「ちょっと素っ気なかったなぁって思って」

「いえ……」

なんて返していいのかわからず、それだけ言った。

怜はなつきに視線を向けることなく、ネギを切っていく。

「怜さん。私、なにかしちゃってましたか？」

「ううん。なつきちゃんが悪いんじゃなくて、俺が勝手にダメージを受けてただけだから……」

「ダメージ？」

「うん。ま、当然の報《むく》いって感じなんだけどね」

怜は苦笑する。

意味がわからずなつきが首を傾げていると、彼は「なつきちゃんは、わからなくても大丈夫だよ」と笑ってくれた。

その笑顔は、よそよそしくなる前に見たものと同じで、なつきは嬉しくなる。

これで元通りなのだろうか。それならば、こんなに嬉しいことはなかった。

他の材料は切り終わり後は鶏肉だけという段階まできた時、突然鞄の中のなつきのスマホが鳴り響いた。

手が離せないなつきは、先に切り終わっていた怜に声をかける。

「あ、ごめんなさい。スマホを取ってください」

「うん」

怜はスマホを手に取る。

幸いなことにメッセージだっただけのようで、スマホはすぐに鳴り終わった。

「メッセージ、よければ読み上げてもらえませんか？」

「絵梨さんって人からだよ。明日早めに出勤してほしいって」

「あ、はい！　ありがとうございます」

怜はスマホを鞄に戻す。

なつきも鶏肉を切り終わり、まな板と包丁を片付けた。

最初はなかなか怜の部屋のキッチンに慣れなかったが、今や勝手知ったるものである。

お正月に、長く一緒に過ごしたのがよかったのだろうか。

「ん？　これ……」

なつきが片付け終わったところで、怜が声を上げた。

見ると、怜があの築山からもらったチケットを持って固まっている。

付箋も貼ったままなので、怜も誰からもらったものかすぐ理解したようだった。

なつきの呼吸が一瞬、止まった。

（どうしよう、どうしよう、どうしよう。……ちゃんと、喜んでるフリしないと……っ！）

なつきの顔は強張る。しかし、それを隠すように満面の笑みを顔に貼り付けた。

「あ、あの！　築山課長に誘われちゃったんです！　えへへー！　努力が認められたんですかね！」

「……そうだね」

怜の声色はどこか硬かった。

なつきは震える唇で空元気《からげんき》な声を出す。

「なに着ていこうか、今から悩んでて。怜さんからもらった、あのワンピースを着ていこうかなぁって！」

「うん。いいんじゃない。……おめでとう」

怜の『おめでとう』が心臓に刺さった。

彼の顔にはいつもの優しい笑みが浮かんでいて、本当に心の底からなつきのことを祝っているように見えた。

その笑顔を見たなつきは、怜の中での自分の位置を知る。

（やっぱり、私は……）

ただの寝るための道具なのだろうか。

――こんな状況になっても少しだけ、もしかしてという気持ちもあった。

怜はいつも優しかった。

まるで本当の恋人のように、なつきのことを扱ってくれたこともあった。

だから、希望を捨てきれない。もしかしたら少しぐらいは自分のことを特別だと思ってくれているんじゃないかと。

もしかして、ひょっとして、少しだけでも……

気が付けばその願望のような想いが、口をついて外に出ていた。

「怜さんは、私が築山課長とデートしてもなにも思わないんですか？」

怜は口を噤《つぐ》む。

そしてしばらくの沈黙の後、困ったような笑顔で首を傾けた。

「どうして？　なつきちゃんは、そのために俺と会ってたんでしょう？」

「そう……ですね。はい」

玉砕《ぎょくさい》覚悟で突撃して、粉砕した気分だった。

失恋の痛みに、じわりと涙が浮かぶ。

なつきはそれを服の袖《そで》で拭うと、鞄を持った。

「あの！　今日トモちゃんと用事があったんでした。ごめんなさい！　帰りますね！」

「え？」

なつきは頭を下げ、玄関から飛び出してしまった。

怜はなつきのいなくなった部屋で一人壁に寄りかかる。

その表情は苦悶《くもん》で歪んでいる。

「……俺にどうしろって言うんだ」

その声は誰にも届かず、静かな部屋の中に消えた。

◆◇◆

翌日、なつきは真っ赤に腫《は》れた目で会社に出勤していた。

目の腫《は》れはもちろん、昨日泣いたせいだ。

なつきの酷い顔を絵梨が心配してくれたのだが、失恋が原因で……なんて馬鹿正直に答えるわけにもいかず、「花粉症なんです」と嘘をついて、その場をやり過ごした。もちろん絵梨は訝《いぶか》しんでいたが。

昨晩、なつきは自分の部屋に帰った後、今後は怜と距離を置こうと考えた。

この気持ちを隠しておける自信がなかったからだ。

なつきの本当の気持ちを知れば、怜はなつきと会おうとしなくなるかもしれない。それは耐えられなかった。

それならば、この気持ちが落ち着くまで、彼の側に寄らないようにすればいいんじゃないだろうか。そう考えたのだ。

けれど、彼には不眠症という大きな悩みがあって、なつきはそんな彼を自分の都合で放ってはおけなかった。

いや、きっと、そういう言い訳をしてでも、なつきは怜と会いたかったのだ。離れたくなかったのだ。

なので、昨晩作った『仕事が忙しいので、しばらく会えないです』というメッセージは送信しないまま消去した。

なつきは陰鬱《いんうつ》な気分を忘れたくて、仕事に打ち込んだ。

(とりあえず、チケットを返さないと)

築山にもらったチケットを鞄に忍ばせたまま、なつきは彼と二人っきりになれるチャンスを待つのだった。

そして、そのチャンスは意外にも早くやってきた。

それは昼休憩のことだった。たまたま築山が一人で廊下を歩いているところに出くわしたのだ。

周りに人はいない。なつきは、いつ築山に会ってもいいようにチケットをポケットに忍ばせていた。もしかしたら今しかチャンスはないかもしれない。

なつきは勇気を振り絞り、彼の背中に声をかけた。

「築山課長！」

「雨宮さん？」

振り返った築山は、なつきを見るなり笑顔になった。

なつきは彼に駆け寄る。そして、ポケットからチケットを取り出した。

「あの、このチケット！」

「あぁ、それのお礼？　いいよ、そんなこと」

「ち が……」

「でも、そのチケット取るの大変だったんだよ。友人の伝手《つて》を利用して、なんとか取ったんだ。雨宮さん、このアーティスト好きだって前に言ってたから」

「えっと……」

早口でまくし立てられ、なつきは勢いをそがれてしまう。

返しにくい雰囲気を作られ、どうしたらいいのかわからない。

しかし、このままではいけないと自分を奮《ふる》い立たせた。なつきはチケットを差し出す。

「あの！　このチケットお返しします！　私より、他の女性と行ったほうが、築山課長も楽しめると思いますし！　すごくありがたいお話なんですが、本当にごめんなさい」

必死に頭を下げた。

なつきの頭上で築山は笑う。

「そっか。気にしなくてもいいよ。突然誘って悪かったね」

「いえ」

「でも、このチケットどうしようか。もう捨てるしかないかなぁ」

「え!?」

なつきが手にしているのは一枚一万五千円のチケットだが、あまりに入手困難なのでオークションでは十万円以上で取り引きされている、ファンなら喉から手が出るぐらいほしいものだ。

なつきは、これを手放すのは惜しくない。

ただ、誰も行かないのは、アーティストにも、行きたかったファンにも、申し訳ないと思ってしまうのだ。

「雨宮さんと行くために取ったものだしね。俺自身は、このバンドに興味ないし」

「でも、もったいないです！　誰かにあげるとか……」

「うーん。女の子に断られたって言うのは恥《は》ずかしいからなぁ」

確かにその気持ちはわからなくもない。しかも、このチケットは本来彼が買ったものなので、誘いを断ったなつきが、どうこう言う権利はないのだ。

「それは……」

「ねぇ、雨宮さん。もし、心のどこかで少しでも悩んでるなら、そのチケットをもうちょっと持ってて」

「え？」

「俺は当日、待ち合わせ場所で待ってるから。来ないなら来ないでいいよ。雨宮さんが決めてくれたら」

「それはさすがに悪いです!!　それに私、本当に行く気はなくてっ！」

なつきは叫んだ。

築山と一緒にライブに行くという選択肢は、なつきの中にない。

悩んでいたのは、捨てるのがもったいないと思っていたからだ。

築山はそんななつきの思いを無視して、会話を続ける。

「いいのいいの！　俺のことを気にしてくれているのなら心配いらないよ。離婚してから暇だしね。時間はいくらでもあるから」

それだけ言うと、築山はさっさと背中を向けた。なつきはその背中に「ちょっと、待ってくださいっ！」と声をかける。

しかし、なつきのその声を無視して、築山はさっさと去ってしまう。

残されたなつきはチケットを片手にうなだれた。

「……どうしよう」

正直、もう泣きそうだった。

◆　◇　◆

怜のもとを飛び出し、チケットも返せないまま一週間が終わった。

その週末、なつきはスマホを握りしめながらベッドでメッセージアプリを何度もスクロールさせていた。

しかし何度確認しても、待ち人からのメッセージはきていない。

（もう三日）

怜から連絡が来なくなって三日が経っていた。

彼の家を飛び出した直後に送った謝罪メッセージには返信があった。

その後送ったメッセージにも何度か。

けれど、突然返信がこなくなったのだ。

なつきがどんなメッセージを送っても、既読の文字さえつかない。

以前は用事なんかなくても頻繁《ひんぱん》にメッセージはきていたのに……

「なにかあったのかな……」

なつきと怜は、もう五日も会っていなかった。

こんなに会わなかったことはない。もしかしたら倒れてしまったのかもしれない。なつきは嫌な予感に、冷や汗を滲《にじ》ませた。

(大丈夫かだけでも確かめたいな……)

もし倒れていたら、苦しんでいたら、眠れない夜を何日も過ごしていたら……

そんな妄想が駆け巡り、気が付けばなつきは怜に電話をかけてしまっていた。

一コール、二コール、三コール。

手に汗を握った。

飛び出してきた手前、なんと言えばいいのかわからない。

四コール、五コール。

もう切ってしまおうと思ったその時だった。怜が電話に出た。『はい』という抑揚《よくよう》のない声が耳を打つ。

その懐かしい声に、身が震えた。

「あ、あの！　怜さん、なつきです！」

『あぁ、元気にしてた？』

心底どうでもよさそうな声が、なつきの心を引っ掻いた。

しかしそんなショックなどおくびにも出さずに、なつきは声を張る。

「はい。元気にしてました！　怜さんは？」

『元気だよ。すごく元気』

　そういう割には元気のない声。少し掠れているようだった。

「それならよかったです。えっと、ちゃんと眠れてますか？」

『あぁ、そういえば言ってなかったんだけど、不眠が治ったんだ』

「え？」

『だから、なつきちゃんはもう、うちに来なくてもいいよ』

　その瞬間、目の前が真っ暗になった。

　怜の放った言葉をなつきが理解する前に、彼は言葉を重ねる。

『今までありがと。なつきちゃんもこれから頑張って。俺ができることは、もう全部やってあげられたと思うし』

「あのっ！　怜さ……」

『それだけだから。この番号も消してくれたら助かる。俺もなつきちゃんの連絡先消すからさ。……じゃあね』

　なつきの声を遮《さえぎ》るように怜はそう告げ、電話を切った。

　なつきは電話が切れた後の、ツーツーという電子音を聞きながら、呆然《ぼうぜん》と天井を見上げることしかできなかった。

第六章

怜から別れを告げられた一週間後、なつきの姿は居酒屋にあった。

彼女の前にはトモがおり、卓上にはお酒と焼き鳥がある。

「なんか、最近元気がないと思ったら、そんなことがあったのね」

「へへへ。玉砕《ぎょくさい》です」

なつきは苦笑いで頬を掻く。

トモは痛ましそうな視線を向けながらビールに口をつけた。

「なんか、怜さんにとって私は本当に薬みたいなものだったんだなぁって。病気が治ったら必要なくなって……」

「なつき……」

「でも、怜さんがちゃんと眠れるようになって、よかった！」

なつきは胸に手を置いたまま、満面の笑みを浮かべる。

しかし、細められたその目からポロリと涙が零れた。

「……って、思わないとダメなんだけど……」

なつきは顔を覆《おお》った。

涙はとめどなく溢《あふ》れて、手のひらをじっとりと濡らす。

「あー、もうダメだ。久しぶりにお酒飲んだから！」

「いいのよ、好きなだけ泣きなさいな。気持ちを酌《く》むのと、気持ちを殺すのは別物なんだから」

トモの優しい言葉に、なつきは頷いた。

しばらく顔を覆《おお》い嗚咽《おえつ》を漏らす。

――あれから一週間が経った。

けれど、なつきの中の怜の存在は、日に日に大きくなっていくばかり。

忘れようとしても忘れられなくて、ひとたび思い出せば、胸を抉《えぐ》られる毎日だ。

怜はもう、なつきのことなど忘れているだろう。

もしかしたら、恋人を作って、毎日を楽しく過ごしているのかもしれない。

どうでもよさげに別れを告げた彼の声が、この一週間、何度も頭の中で繰り返し流れていた。

（会いたいなぁ……）

会ってどうするというわけでもない。

ただ、一目見て、言葉を交わして、ちゃんと『さようなら』を言いたかった。

できるならば『好き』とも伝えたい。

鬱陶《うっとう》しそうな顔をされてフラれてしまうかもしれないが、気持ちを伝えられるのならそれでもよかった。

もう名前も呼んでもらえないし、声もかけてもらえない。触れてももらえない間柄になってしまったのだ。

今更、失うものなんてない。

関係が壊れてしまうことを恐れる必要もない。

「それにしても、不眠ってそんなに急に治るものなのかしら」

ひとしきり泣いた後、なつきはそのトモの声で顔を上げた。

どういうことだと首を捻《ひね》ると、彼女は「うーん」と悩ましげな声を出しながら腕を組む。

「いやね。私の友達も不眠症で悩んでてさ。詳しくは知らないんだけど、その子は何年もかけて治療したらしいのよ。だから、怜さん本当によくなったのかなぁって……」

「本当にって……」

「もしかしたらさ、怜さん。アンタのことを思って身を引いたんじゃないの？　怜さん、アンタが築山って男の人をまだ好きだって思ってるんでしょう？　んで、アンタがその築山にデートに誘われたから、このままこの関係を続けてたらダメだ……って」

確かに、それは怜が考えそうなことだ。

彼はなつきのことを『お人好《よ》し』だと評するが、なつきから言わせれば彼だって十分お人好《よ》しだ。

少なくともなつきと接していて、彼は自分を優先しようとしたことはない。

「もしかして、私に嘘をついた?」

「まぁ、可能性の話だけどね。でももし、不眠症が治ってないんだったら、今頃相当辛い思いをしてるんじゃないかなぁって……それだけ」

なつきはトモの提示した可能性に息を呑む。

(もしそうなら、怜さんは……)

◆◇◆

翌日、なつきは怜の部屋の前に立っていた。

昨日のトモの話を聞いて、怜のことが心配になったのだ。

トモの予想は『怜がなつきのことを考えて動いていたら』という希望的観測からきたもの。

だから、怜の不眠症は本当に治ったのかもしれないし、なつきのこともどうでもいいと思っているのかもしれない。

むしろ、なつきとトモの勝手な想像より、そっちのほうが確率的には高いだろう。

けれど、別れを告げる時の掠れた声を思い出し、焦燥《しょうそう》が募《つの》った。

もしかしたら……。そう思ってしまう。

（なにか言われたら、合鍵を返しに来たって言えばいいよね）

返し忘れた合鍵を、なつきはぎゅっと握りしめる。

そして、震える手でインターフォンを押した。

（あれ？　応答がない？）

もう一度押す。先ほどと同じように応答がなかった。

（あ、もしかして、今日は仕事なのかな？）

怜の仕事はシフト制だ。

なつきと会うようになってからは休みを合わせてくれていたようだったが、本来は土曜も日曜も関係のない職種である。

病院は木曜と日曜が休みなので、まったく関係ないという訳ではないが、怜が勤めているのは大きな総合病院。入院患者がいるので、病院が休みだからと簡単に休めるわけではない。

（仕方がないか……）

なつきは扉に背を向ける。

そうして一歩踏み出したところ、背後で扉が開く気配がした。

「……なつきちゃん？」

聞き慣れた優しい声。

なつきは振り返る。すると、そこには大きく目を見開く怜がいた。

今までシャワーを浴びていたのか髪はしっとりと濡れていて、上半身は裸。

肩から掛けたタオルが申し訳程度に胸元を隠しているだけだ。

下は部屋着のスウェットである。

「怜さん」

一瞬、なつきは泣いてしまいそうになった。

けれど、そこはぐっと堪《こら》える。

ここで泣き出してしまっては、迷惑をかける。

彼女は呆《ほう》ける怜に歩み寄った。

そして、今できる一番の笑顔を見せる。

「あの。これ、返しにきたんです」

「合鍵？」

「はい。あと、怜さんの体調が少しだけ気になって……」

見上げると、彼の目元には隠しきれない隈《くま》が見える。

顔も青白くて、今にも倒れてしまいそうだ。
（やっぱり不眠症が治ったっていうのは嘘だったんだ……）
なつきは、まじまじと怜を見つめた。
「なつきちゃん、どうして……」
「怜さんが、好きだからです」
意識して言ったというよりは、思わず零れ出たというほうが正しかった。
胸に秘めていた想いが、口をついて外に飛び出した。そんな印象だ。
なつきの言葉に、怜は目を見開く。
そしてしばらく固まった後、なつきの腕を引いた。
怜はなつきを玄関の中に入れると、手を伸ばし、鍵を締めた。
「怜さん？」
なにがなんだかわからないなつきは、狼狽《うろた》えた声を出した。
部屋の中は暗く、なつきには今、怜がどんな顔をしているのかわからない。
怒っているのかもしれないし、突然のことで呆《あき》れているのかもしれない。
突然の訪問と告白に、戸惑っているのかもしれない。
なつきは俯《うつむ》く怜の前髪をそっと払い、表情を確かめた。
しかし、意外なことに彼の口元は緩く弧を描いていた。

（笑ってる？）

そう思った瞬間、彼は俯《うつむ》いたまま肩を揺らし始めた。

けれど、その笑い方はどこか自嘲じみている。

「あーもー、最悪だ！　……いや、最高なのかな……」

なつきは肩を掴《つか》まれ、玄関の冷たい扉に身体を押しつけられた。

その勢いは強く、踵《かかと》と扉の金属がぶつかり合う大きな音が部屋にこだまする。まるで離さないと言わんばかりの手が、なつきの両肩に食い込んだ。

「痛《い》たっ……」

「はっ、とうとう幻覚か」

吐き出すように笑いながら、怜は陰鬱《いんうつ》な目でなつきを見る。

「幻聴はたまに聞こえてたけど、こうなってくるとほんと末期だ」

「末期って……」

「最初は本物かと思ったけどね。さすがに『好き』はないよ。もう少し、夢を見させてくれてもいいのに……」

そう言って、怜はなつきにキスをした。

「んっ！　んんっ」

強引に舌を入れられ、まるで蹂躙《じゅうりん》するように口腔《こうこう》を舐《な》められる。

歯列をなぞり、上唇と下唇を交互に食《は》まれた。

「本物の君は、あの築山って男とこういうことをしてるのかな?」

「怜さん!　私、幻覚じゃないですっ!」

「そういう必死なところは、すごくなつきちゃんっぽいね。うん。可愛いよ」

可愛いよと、愛おしそうに言いながら、怜は乱暴になつきを玄関で押し倒した。

なつきの上に覆《おお》い被さる彼の身体は、ひどく冷たい。

怜の前髪から滴《したた》るのは、冷水だった。

前髪から落ちた一滴が、なつきの頬で撥《は》ねる。そのあまりの冷たさに、なつきの身体は凍った。

恐らく彼は今までシャワーで冷水を浴びていたのだ。眠れなくて呆《ほう》ける頭を、しゃきっとさせるために。

触れると、怜の身体も、手も、足も、どこもかしこも冷たくなっている。

なつきは自分の体温を彼に移すかのように、怜の身体を抱き寄せた。

怜は抵抗もせず、なつきの上に覆《おお》い被さる。

「……さすがにこれは願望が過ぎるな」

耳元で囁かれた声に、全身が震えた。

身体だけでなく、今の彼は声までも冷たい。

囁かれた耳から凍り付いていくかのようだ。

「ん。でも、いいね。こういう幻覚なら大歓迎だ」

「怜さん。あの……」

「それとも夢なのかな？　もう頭があんまり動かないから、どっちがどっちだかわから
ないや」

怜はなつきのシャツのボタンを外す。冷たい空気に触れ、鳥肌が立った。そこに怜の
冷え切った手が触れる。

「ひぅっ！」

身体が跳ね上がる。その間に怜はなつきのシャツのボタンを外し、フロントホックの
ブラジャーを外した。

跳ね出た双丘の頂点は寒さにより、ピン、と立ってしまっている。

怜はそれを口に含むと、コロコロと舌で転がし始めた。

室温と彼の身体は冷たいのに、口腔《こうこう》は燃えるように熱い。

「んっ、ぁ……」

「もう、幻覚でも夢でもどっちでもいいや。現実じゃないことだけは確かなんだから……

俺の好きにしてもいいよね」

悲しげにつぶやかれた言葉が、なつきの心を抉《えぐ》った。

玄関の床は冷たかった。それ以上に怜の身体も冷たかった。

触れた手のひらが、なつきの体温を奪っていく。

「怜さん、冷たいです。そのままじゃ風邪を……」

「じゃ、なつきちゃんが温めて」

怜は、おもむろになつきの脚を取った。

靴を脱がせ、このまま大きく開かせる。

突然のことに、なつきの身体がびくついた。

「やっ……」

「逃がさない」

抵抗だと思ったのか、怜はなつきの手首を掴《つか》むと床に押し付けた。

掴《つか》まれた箇所がすごく痛くて、顔が歪む。

「夢でぐらい、好きに抱かせて」

怜はなつきの手首に爪を立てた。

(まずは怜さんを、ちゃんと寝かせないとダメなのかも)

手首の痛みに顔を歪めながら、なつきはそう思った。

このままでは話にならない。一度ぐっすりと眠ってもらって、頭をすっきりさせても
らわなくては。

——そのための方法は、もう知りすぎるほど知っていた。

「怜さん」

なつきは怜に向かって両手を伸ばす。

「好きに抱いてください」

別に添い寝だけでもよかった。けれど、今の怜が添い寝だけで大人しく眠ってくれると思えない。

だからなつきは、自分から求めたのだ。心の赴《おもむ》くままに。

(だって、私も怜さんと……)

こんな形を望んだわけではないけれど、求められたことが嬉しかった。

怜はなつきの顔を愛おしそうに撫《な》でると、ショーツを剥ぎ取り、まだ潤《うる》んでもいない割れ目を大きく開いた。

そのままそこに自分の雄を無理やり押し入れる。

「れいさ……まだ……ぁっ！」

解《ほぐ》れてもいない淫口を無理やり切っ先で押し広げられ、なつきは痛みに顔をしかめた。

なつきの様子に気が付いていないのか、怜は無言のままずんずんと腰を進める。

怜の首に回した腕を引き寄せ頭を抱え込むと、彼は目の前にある胸の赤い実を口に含み、歯を立てた。

「ぃ……」

「ごめん」

怜の声に顔を上げる。彼は辛そうに息を吐きながらも腰を動かし始める。

怜は、がつがつとなつきを穿《うが》つ。

なつきはそのたびに喘《あえ》ぎ、怜に縋《すが》りついた。

「あ、ぁん、ぁ、あん」

染み出てきた蜜が、すべりをよくしていく。

すると怜は更に激しく最奥を目指した。

「あ、ぁ、あ、ぁあ、はぁんっ！」

しばらくそのまま揺すられ、その後腰の動きがゆっくりになる。

怜はなつきの顔に張り付いた髪をよけ、彼女の身体を抱き上げた。

繋がったまま、なつきは怜の膝に座る形にさせられる。

「怜さんは、本当はこういうエッチがしたいんですか？」

ふたたび抽送が始まる前に、なつきはそう聞いた。

自分が知っている怜とは明らかに違う行為に、今までの彼は無理をしていたのではないのかと不安になったのだ。

怜は彼女を抱きしめたまま、困ったように笑う。

「そういうわけじゃないよ。ただ、ここ数日君に触れられなかったのが本当に辛くて。これからもずっと触れられないのかと思ったら、もう……」

怜はなつきの頬に優しく触れる。その顔は今にも泣いてしまいそうだった。

「なんで、君を逃がしちゃったんだろうね。こんなに後悔するなら、君のためを思って身を引かず、縛り付けておけばよかった」

「怜さん」

「なつきちゃん、好きだよ」

「え？」

その言葉に、なつきは目を剥《む》いた。

心臓が高鳴り、胸の中心からじんわりと体温が上がっていく。

怜はなつきを強く抱きしめた。

「本当はずっと、ずっと、言いたくて。でも、君はあの築山って男が好きで。……その男が振り向いてしまったんなら、もう本当に俺は用済みだろ？　だから、格好をつけて、君を逃がしてあげたのに。今更馬鹿みたいに後悔してる」

「怜さん……？」

「だからこんな夢まで見てるんだろうな。幻の君に想いを伝えても意味なんかないのに……」

悲しげな目が伏せられる。そして、自《みず》らを嘲笑《あざわら》うかのような笑みが浮かんだ。

「ねぇ、現実の君は別の男の隣にいるのかな？」

「……私は怜さんの側にいますよ」

「嘘つき」

「嘘じゃないです！」

怜はその言葉になにも返さず、なつきの腰を掴《つか》むとゆっくりと動かし始めた。

「あ……」

「さっき好きって言ってくれたの、本当に嬉しかったんだ。ねぇ、なつきちゃん。もう一度言って」

怜の甘えるような声に、なつきの下半身が蜜を滴《したた》らせる。

「好きです」

「うん」

「怜さん、好きです！」

「俺も好きだよ」

唇が重なり、下からずんずんと突き上げられた。

なつきは必死で怜にしがみつく。

「あ、あぁっ、もう、や、怜さんっ！」

「ん。一緒にイこう」

膣の中で、ひときわ大きく怜のものが膨れ上がる。

絶頂が近いのを感じて、なつきも必死に腰を動かした。

「あ、んんっ……」

なつきが首を反らす。

その瞬間、怜は白濁をなつきの中に吐き出した。


なつきは怜を抱きしめながら肩で息をする。

（もうこれで、怜さんは眠れる……）

安堵《あんど》して身体から力を抜き、彼に身を任せている時だった。

怜がなつきを抱き上げ、ベッドのほうまで歩いていく。

そして、そこになつきを寝かせると、怜は無言で覆《おお》い被さってきた。

ふたたび見上げるような形になった怜に、なつきは恐々と声を上げる。

「あの、寝る前にシャワー浴びたいなぁって……」

「ダメ。あともう一回」

「えぇ!?　や、でも、ちょっと――ぁんっ！」

──そのまま二度三度と、怜が眠りにつくまでなつきは身体を求められた。


「は？　なつきちゃん!?」

その日の夕方、なつきはその声で目が覚めた。

驚いたまま固まる怜がいて、なつきはゆるゆると身体を起こす。

下半身が今までにないぐらいに重く、緩慢《かんまん》にしか動けない。

その明らかな疲弊《ひへい》の具合に、怜は顔色を失う。

そして、なつきと自分の身体に視線を向け、頬を引き攣《つ》らせた。

「え。じゃあ、あの夢って……」

「怜さん、ちゃんと眠れましたか？」

なつきが掠れた声を出しながら首を傾げる。

声が掠れているのは、先ほどまで散々喘《あえ》いでいたからだ。

決して風邪を引いたからではない。

けれど、怜はその様子に跳び上がり、なつきの身体を布団でぐるりと覆《おお》った。

「ちょっと待って！　そっちが大丈夫!?」

「……はい。私は大丈夫です」

なつきは布団を抱きながら弱々しく頷いた。

こんなに何度も激しく求められたのは初めてだったので、体力がついていかなかっただけだ。

怜は相当心配してくれたようで、慌てて温かいお茶を持ってきてくれ、身体を更に毛布で覆《おお》ってくれた。

そして、頭を抱えながら弱々しい声を出す。

「ちょっと、どこまでが夢で、どこからが本当かよくわからないんだけど、……えっと、玄関で君を襲ったのは？」

「本当です」

「その後この部屋で……？」

「はい」

「三回？」

「いえ、全部で四回です」

なつきの言葉に、怜は落ち込んでいるようだった。

壁に寄りかかりながら弱々しい声で「馬鹿、ホント馬鹿……」と、ぶつくさ呟いている。

なつきはそんな怜におずおずと声をかけた。

「あの、私も聞いていいですか？」

「なに？」

「あの、怜さん。抱きながらずっと私のこと『好き』って言ってくれたんですけど……あれは信じてもいいんですか？」

自分で言ってて、ちょっと泣きそうになった。

あの時は幸せで胸が詰まってどうしようもなかったが、怜の記憶が曖昧《あいまい》ならば、あの時の言葉だって彼が望んで吐いたものではないのかもしれない。

場の流れに身を任せた睦言《むつごと》という可能性は十分にあるのだ。

なつきにとってそれはとてもショックなことだが、怜が好きではないと言うのならば、それは仕方がないことだった。

「あの、ベッドの上でのことですし！　嘘なら嘘で、覚悟はできていますから！　その……嘘でも、いい思い出になりましたし……」

「なんで……」

「へ？」

「嘘なわけない！」

次の瞬間、なつきは抱きしめられていた。

「俺、なつきちゃんのこと大好きだよ」

怜の言葉に、なつきは胸が一杯になった。

嬉しくて、目に涙が浮かぶ。

「君が築山に誘われて嬉しそうに笑った時、もう本当に、はらわたが煮えくりかえりそうだった。俺が最初に提案した契約だったけれど、あの時ほど過去の自分を恨《うら》んだことはないよね。なにが悲しくて、好きな子が別の男とくっつくのを応援しないといけないのかって、ほんと……」

「怜さん……」

「俺も、もう一つ聞きたいことがあるんだけど、いいかな?」

「はい」

「俺の記憶だと、なつきちゃんも俺のこと好きだって返してくれたよね? あれは本当?」

怜はじっと、なつきを覗き込む。

その熱い視線に身体が震えた。

「もし嘘でも、もう離してあげられないよ。他の男のところなんて絶対に行かせてあげない。一回逃がしてあげたのに戻ってきたのは君だ。だから、もう、今度こそ逃がさない」

その宣言に、なつきは顔を覆《おお》う。

嬉しくて、どうにかなってしまいそうだった。

目からぽろぽろと涙が流れる。

怜のことになると、なつきは泣いてばかりだ。

「怜さん。私も、怜さんが大好きです！」

「築山って男よりも？」

「はい」

「いつから？」

「……クリスマスイブにデートをした時ですかね。でも、きっと、それより前から……」

怜は顔を覆《おお》うなつきの手をゆっくりと引き剥《は》がす。

そして、零れた涙を唇で受け止めた。

「俺はもう、再会した時にはなつきちゃんのことが好きだったよ。もしかしたら、出会ったあの日から好きだったかもしれない」

「怜さん」

どちらからともなく抱きしめ合い、キスをした。

唇が触れるだけの優しいキスだが、今までしたどんなキスより、甘くて幸せな気分になれるキスだった。

「ねぇ。もし、なつきちゃんが嫌じゃなかったらなんだけど」

「はい」

「身体が辛いのもわかるんだけど」

「はい」

「ちゃんと恋人同士のエッチしよう。今度はちゃんと優しくするから」

「激しくてもいいですよ。ああいうのが続いたらきついですけど、たまにだったらいいです。……あの、気持ちよかったですし……」

なつきの赤裸々な告白に、怜は片手で顔を覆《おお》う。

彼の目尻は赤く、照れているようだった。

「ほんと、殺し文句」

「怜さん？」

「激しいのがいいなら、また今度ね。今日は優しく抱かせて。さっきまでのお詫びも兼ねてさ」

なつきは無言で頷いた。

――大好きな人に愛される。それがこんなに嬉しいことだと初めて知った。

怜はなつきの頬を優しく撫《な》でる。

「とりあえず、お風呂入ろうか？　いろいろ汚れちゃったからね」

「でも、まだ動けなくて」

「安心して。俺が入れてあげるから」

「え、えぇ⁉」

怜はなつきを抱き上げた。

そして、裸のなつきを抱き上げたまま風呂場に歩いていく。

「お風呂場ではえっちなことはしないから、安心して良いよ」

「ほ、本番は上がってからですもんね？　頑張りますね！」

恥《は》ずかしがりながらなつきがそう言うと、怜はなにかを堪《こら》えるように顔を逸らし「なつきちゃん、ほんと可愛い……」と苦しそうに呟くのだった。


頭の先から足の指先まで全身で愛を確かめた二人は、ベッドで横になりながら、いろんなことを話していた。

再会した時のこととか。デートの時はどう思っていたとか。別れを告げた時の気持ちとか。

今までの思い出を反芻《はんすう》するように、二人は寄り添いながら言葉を交わす。

なつきは午前中に怜の部屋を訪れたはずなのだが、今はもう日付が変わろうとしていた。

「そういえば、あのチケット返したの？　築山って人からもらったやつ」

「いえ、実はまだ。なかなかチャンスがなくて……」

「捨てればいいのに」

「それはもったいないですよ！」

なつきの言葉に、怜はムッとした表情を浮かべる。

「……なつきちゃんって本当に俺のこと好きなんだよね？」

「好きです！　好きなんですけど！　あれ、入手するの大変なチケットなんですよ！」

なつきは怜にこのチケットがどれだけ入手困難かということと、築山とのやりとりを話した。

怜はその話を聞いて、胡乱《うろん》な声を出した。

「彼、なかなか巧妙だね。なつきちゃんの人の好《よ》さを的確についてる感じがするよ」

「でも、来週の初めにはちゃんと返します！」

「うーん。でも、また追い返されると思うなぁ。なつきちゃんって操りやすそうだもん」

「うー……。じゃあ、どうすればいいんですか？」

なつきは布団を鼻の頭まで被りながら、不服な顔をする。

「だから、俺も行くよ」

「へ？」

「彼氏がいるから行けません。恋人に止められました！　って言えば、相手はぐうの音《ね》も出ないでしょう？」

「彼氏……恋人……」

なつきはその響きに胸を高鳴らせる。

「俺が彼氏じゃダメだった？」

「と、とんでもないです!!」

「なら、それで決定。なにかあってもフォローしてあげられるしね。そもそもこれは、なつきちゃんを可愛くしすぎた俺の責任だし」

「怜さん！　からかわないでください！」

「今のは、からかってるつもりはなかったけどね」

顔を熱くするなつきを見て、怜は笑う。

そして、なつきの鼻の頭を指先でつんと押した。

「で、いつ返す予定？　火曜の午後からなら、当直終わりだから空いてるけど」

「それじゃ、その日にします！　よろしくお願いしますね！」

怜は元気よく笑うなつきを愛おしそうに見つめた後、うしろからぎゅっと抱きしめた。

◆◇◆

火曜日、なつきと怜は仕事が終わった後、会社の前で落ち合った。

幸いなことに築山はまだ退社していないので、会社の前で待っていれば確実に会えるだろう。

なつきはそわそわしながら、物陰で怜と二人、築山が会社を出るのを待っていた。

「うう。緊張してきた」

「俺がいるんだから大丈夫だよ」

「そうですよね！」

なつきは力強く頷いた。

今回の作戦はこうだ。

まず、なつきが一人で築山にチケットを返す。

その時、また言いくるめられそうになったら、怜が登場し場を収める。そういう算段だ。

怜は最初その作戦に難色を示していたが、なつきがどうしてもと言ったので渋々頷いてくれた。

彼が言うには『そんなまどろっこしい真似《まね》しなくても、初めから俺が出ればすぐ終わるよ』とのことなのだが。

なつきがもし築山の立場で、相手の恋人がいきなり出てきたら、プライドがズタボロになるだろうなぁと思うのだ。

なので、いざという時のために怜には側に控えてもらい、なつきが一人で話をするという形を希望したのだ。

そのほうが誰も傷付かないし、穏便《おんびん》に終わる。

二人がじっと待っていると、会社の自動扉が開き、簗山が出てきた。

なつきは隠れていたところから飛び出し、簗山のうしろ姿に声をかけた。

「あ、あの……！」

「お前が簗山か！」

ドスのきいた低い声が、簗山の前方からかかる。

見ると、サングラスをかけた怖そうなお兄さん数人が、簗山を取り囲んでいた。あまりの事態に、なつきは声をなくす。

なんだか知らないが、簗山とサングラス姿の男たちは揉めているようだった。

そして、なつきのうしろから女性が飛び出てくる。

彼女はそのサングラスの男の一人を、必死で止めていた。

よく見ると彼女は、いつも受付にいる綺麗《きれい》な女の人だった。

寝取ったとか。浮気だとか。そんな言葉が聞こえてくるので、恐らく痴情《ちじょう》のもつれというやつなのだろう。

唖然とするなつきの隣に怜は立つ。

そして、呆《あき》れたような笑みを浮かべた。

「なんか手広くやってたみたいだね」

「そうですね……」

絵梨から散々聞かされていたが、築山の女遊びはやはり激しいらしい。

好きじゃなくなってもかっこいいイメージが強かった築山だが、だんだんそのイメージまでもが壊れていく。

「あら。そんなところでなにやってるの、雨宮さん」

「あ、絵梨さん」

振り返ったところ、ちょうど帰宅するところと思《おぼ》しき絵梨がいた。

彼女はその先に見える築山の醜態《しゅうたい》を目の当《ま》たりにして、半眼《はんがん》になる。

「またやってるのね、アイツ」

「また？」

「ああいうのは日常茶飯事《にちじょうさはんじ》よ。大学生の頃から女遊びが激しくて、しょっちゅう相手の彼氏やらが大学まで乗り込んできてたもの。前の奥さんと別れたのもそのせいだし、ほんと懲《こ》りない男よねー。で、雨宮さんは彼氏と騒動の観覧中？」

「ち、違います！　……実は……」

――なつきは絵梨に、チケットのことを話した。

すると彼女はその話に目を輝かせる。

「じゃ、そのチケット、私からアイツに返しておくわよ！」

「え？　いいんですか？」

「息子たちがこのバンド大好きなのよ！　もし捨てるなんて言い出したら、私が奴の分と二枚とももらうから安心して！」

「ありがとうございます」

思わぬところで解決をみて、なつきはほっと胸を撫《な》で下ろした。

これでチケットが無駄になることはないので一安心だ。

絵梨は怜をじろじろと見上げて、ふーんと唇を歪めた。

「これが噂の彼氏さん？」

「う、噂!?　私、誰にも話してませんよね!?」

「違う違う。雨宮さんのことを狙ってた男たちが噂してたのよ。雨宮さんの首筋にキスマークがついてたから、絶対恋人がいる！　ってね」

「え!?」

なつきは慌てて首筋を隠す。

そんな反応を見せるなつきに、怜はにっこりと微笑んで言う。

「大丈夫。上からじゃないと見えない位置につけてるから。男じゃないと気が付かないよ」

「な、なにしてるんですか！」

「なにって、虫除けだけど。寝てる時に密かにつけてたんだ。結構前からつけてるけど、気が付かないものだね」

その言葉に、なつきは怜と再会したばかりの頃、首筋のキスマークを絵梨に指摘されたことを思い出した。

あの時から今まで彼はずっとキスマークをつけ続けていたのだろうか。

なつきはあまりの恥《は》ずかしさに、顔から火が出る思いだった。

「ま、一番効いて欲しい相手には効かなかったみたいだけど」

「アイツは人のものだろうが、なんだろうが、お構いなしだから」

怜の言葉に、絵梨はさらりと返す。

「それじゃ、これもらうわね。ありがとう」

絵梨はなつきのチケットを片手に、にこやかに去っていった。


「なんだかあっけなかったですね」

なつきがそう言ったのは、帰り道でのことだった。

あれから築山がどうなったのかわからないが、絵梨の話では割と日常茶飯事《にちじょうさはんじ》らしいので、今回もきっとなんとかなるだろうと思っている。

なつきの言葉に、怜は珍しく拗《す》ねたような声を出した。

「なに、なつきちゃんは築山サンにもう少し粘ってほしかったの？」

「へ？　ち、違いますよ！」

「ほんとかなぁ」

口を尖《とが》らせる彼は少し可愛い。

なつきは隣を歩く怜の手を、そっと握った。

「不安ですか？」

「それはもう。しかもさっき他の男にも狙われてるんだって知っちゃったからね。余計に」

怜は先ほどの絵梨の発言を思い出したのだろう。苦々しげに眉根を寄せる。

絵梨はあんな風に言っていたが、なつきが男性社員に声をかけられるようになったのは、本当につい最近の話だ。しかも、たった数人である。決してなつきがモテているという話ではない。

なのに、彼はなつきがフラフラと別のところへ行ってしまうのではないかと心配しているのだ。

「えっと、私モテませんし。怜さんが一番好きですよ。だから、安心してください」

上目づかいでそう言うと、怜の目じりはほんのりと赤く染まる。

彼はなつきの耳に唇を近付け、甘い声で囁いた。

「俺も愛してるよ、なつきちゃん」

彼の言葉に、なつきの胸は一杯になった。

第七章

二人が恋人になって、早三ヶ月。

出会った時は年の瀬間近だったが、今ではもう桜が咲き、そして散り始めている。

そんなある四月の終わり。二人の姿は新幹線の中にあった。

「あぁ……緊張します！」

そう震える声を出すのは、なつきだ。

白いカットソーに小さな花が散る膝下スカート。

ヒールの高くないパンプスにハーフアップの髪の毛。

麗《うら》らかな春の装いに身を包んでいる彼女は、ガチガチに固まっていた。

彼女の隣には涼しげな笑みを浮かべる怜の姿。

彼は緊張で狼狽《うろた》えるなつきを、楽しげに観察しているようだった。

「というか怜さん、本当に会う気ですか？」

「なに？　ダメなの？」

「ダメというか……」

二人はなつきの両親に会うために新幹線に乗っていた。

——事の発端《ほったん》は一ヶ月ほど前。

急になつきの部屋のポストに、ある郵便物が届いたのだ。

それは両親からのもので、封筒の中には新幹線のチケットが二枚と、手紙。内容は『彼氏に会いたいから、一度連れてきなさい！』というものだった。

怜にそのことを相談したところ、彼は快諾《かいだく》。

そして、仕事をわざわざ休み、なつきの実家に向かってくれている。

「なつきちゃんのお父さんにも会いたかったし、お呼ばれもしたし。行かない理由がないんだけど」

「そうなんですけど！」

「俺が行くのは不満？」

「そうじゃなくて……」

なつきの頬が、ほんのりと熱くなった。

そして、恥《は》ずかしくて視線を逸らす。

「えっと、家に彼氏を連れて行ったことがないので。……その、緊張してるんです」

なつきはもじもじと脚をすり合わせながら、手の指先も合わせる。

「怜さんは緊張しませんか？　ま、まさか、付き合ったら毎回、真っ先に両親にご挨拶《あいさつ》に行くタイプですか!?　だから慣れて……」

「そんなわけないでしょう。大体、それどんなタイプ？　俺もそれなりに緊張してます！」

「そうなんですか？　全然そういう風に見えないから……」

怜が動揺したり、緊張した姿などは想像できないのだが、それでもこの落ち着き払った様子には感服してしまう。

しかも、実家は遠いので、日帰りではなく実家に泊まる予定なのだ。

なのにこんなにいつも通りだなんて、もはや怜はなつきの想像を超えた精神構造をしている。

怜は余裕そうな笑みを浮かべる。

「まぁ、でも、緊張よりも楽しみのほうが大きいかな」

「楽しみ？　両親に会うことがですか？」

「それもあるけどね。なつきちゃんの実家って、なつきちゃんがずっと住んでたところでしょう？　つまり学生時代の写真とか、卒業文集とか、制服とかあるってことだよね？」

自分の歴史を彼氏に晒《さら》す瞬間を想像して、全身の血の気が引いていく。

「今からすっごく楽しみだよね」

今まで見たことがないぐらいの楽しそうな笑みに、なつきは自身の身体を抱きしめた。

「ダ、ダメです！　絶対に見せませんからね！　触らせません!!」

「あー、楽しみだなぁ」

なつきの動揺を煽《あお》るように怜はわざとらしくそう言った。

そして急に顔を近付け、そっと耳打ちをする。

「制服は持って帰って、コスプレHでもしようか？」

なつきの顔が一瞬にして熱くなる。

その反応を見て、怜はお腹を抱えておかしそうに笑った。

「やだなぁ、冗談だよ。なつきちゃんがしたいっていうなら俺としては大歓迎だけどね」

からかわれたのだとわかり、恥《は》ずかしさが一瞬にして怒りに変わる。

なつきは席から立ち上がると、怜に背を向けた。

「もう、怜さんなんて嫌いです!!」

「え、なつきちゃん？」

「お手洗いです!!」

口をへの字に曲げて、なつきはトイレのほうへ歩いて行った。

（もう、怜さんのえっち！　ばか！　変態!!）

心の中で悪態をつきながら、なつきは足早にトイレに向かう。

その時だ。前をちゃんと見ていなかったために、前方から歩いてきた人と肩がぶつかった。

そして、お互いに踏鞴《たたら》を踏んでしまう。

「あ、すみません！」

なつきはとっさに頭を下げる。

すると、なつきの頭上に「あら、あなた」という女性の声が聞こえてきた。

なつきは顔を上げる。

「え？」

そこにいたのは彩乃だった。

久しぶりに会った彼女は、相変わらずモデルのようだった。彼女の手足は長く、キラキラと眩《まぶ》しいぐらいのオーラを纏《まと》っている。

怜のおかげでなつきも少しはマシになったが、彼女の前では一瞬にして霞《かす》んでしまう。

彩乃はベージュ色に染まった爪で、なつきを指した。

「あなたって、怜に子守をやらせてた子じゃない」

「……なつきと言います」

「別に名前なんていいわよ。覚える気ないから」

けんもほろろな彩乃に、なつきは心の中で苦笑した。

（なんだか、厳しい人だなぁ……）

サバサバした感じはトモで慣れているつもりだったが、ここまで当たりがきついと、びっくりしてしまう。

身長はそんなに変わらないはずなのだが、高いヒールを履いている彩乃はなつきを見下ろした。

「それよりもあなた、まだ怜と会ってるの？」

「え？」

「どうせ、もう会ってないとは思うけど、まだ会ってるんなら早く諦《あきら》めなさい。面倒くさいから」

手で追い払うような仕草と共にそう言われ、なつきは目を瞬《またた》かせた。

「あの……」

「大体、釣り合うと思ってるの？　あなたみたいな地味な子と交流を持つだけでも怜の価値が下がるのよ。あなたは怜のことが好きかもしれないけど、どうせ恋人になんかなれないんだし。早いこと諦《あきら》めて自分と釣り合うそこその男を見つけたほうが身のためだと思うのよね」

彩乃は、怜となつきが正式に付き合いだしたことを知らないようだった。怜から聞いていないのか、とも思ったが、こういうことは聞かれなければあえて報告しないだろう。なつきにとって怜は自慢の彼氏だが、だからと言って吹聴《ふいちょう》するようなことではない。

怜にとってもそれは同じなのだろう。

なので、そのことには触れず、前々から聞きたかったことを聞くことにした。

「えっと、彩乃さんは怜さんとどういう……」

「うーん。端的に言えば後輩かな。同じ大学の後輩。と言っても、知り合った時には、怜はもう大学卒業してたんだけどね。……というか、なんで私の名前、知ってるのよ。怜に聞いたの？」

少し期待の籠《こ》もった視線を向けられて、なつきは彼女の心を知った気がした。

恐らく、彼女も怜のことが好きなのだ。自分と同じように——

なつきは首を横に振った。

「いえ、前に植物園で怜さんが貴女のことを『彩乃』って呼んだのが聞こえて……」

「ふーん。そう」

今度は面白くなさそうに目を細めた。

「怜さんって、彩乃さんと知り合った頃はどんな人だったんですか？」

「どうって、割とあのままよ。話はしやすいし、愛想笑いも上手だけど、他人と一線を引いてて他人行儀。だから恋人ができても長続きしないし、面倒くさいからってメッセージ一つで別れたりする。そんな感じ」

それは、なつきの知らない怜の一面だった。

なつきの知っている怜は常に優しくて朗《ほが》らかで、楽しそうに笑う人だ。

彩乃の言葉はなつきの興味を大いに引きつけた。

「見た目も人当たりもいいから、女は勘違いして寄ってきちゃうけど、大体は弄《もてあそ》んで終わりね。別に女遊びが激しいって訳じゃないけど、あのルックスだから周りに女性は絶えなかったわね」

「ほうほう」

「そのわりに男にやっかみを受けることもなく友達も多いほうだったし、ホント人たらしの化け物って感じよ」

「へぇ」

なつきの感嘆《かんたん》の声に、彩乃は目を眇《すが》めた。

「……なに、感心しながら聞いてるのよ」

「なんだか、怜さんの意外な一面が知れて嬉しいなぁって！」

「あなたねぇ……」

脱力したように肩を落として、彩乃は頬を引き攣《つ》らせる。

「ま、どうせフラれるんだから、私がこんなこと言わなくても一緒よね。大学時代も怜に告白してフラれた子は山ほどいたし。ま、ほとんどがフラれても諦《あきら》められない子ばかりだったけど……」

「……彩乃さんもそうだったんですか?」

「は?」

「彩乃さんも、大学生時代から怜さんが好きだったんですか?」

瞬間、彩乃の頬は真っ赤に染まった。

そして、口をあうあうと動かすと、怜のいる隣の車両に響くのではないかという大声を出した。

「そんなわけないじゃない! 馬鹿じゃないの! 見た目が地味なら、考え方も冴《さ》えないのね!! 最悪!」

いきなり激高した彩乃に、なつきは後ずさる。

「あの……」

「大体、なんで私の話になるのよ! 私が言いたいのは、あんたはブスで子供で地味なんだから、身分相応の恋愛をしたほうがいいって――っ!」

「なつきちゃん、なんかそっちで大声が……って、彩乃?」

「あ……」

「怜さん」

扉から顔を出した怜と彩乃の視線が絡む。

彩乃は一瞬にして真っ青になり、下唇を噛んだまま身を引いた。

どうやら声は怜のところまで届いていたらしく、彼は状況を理解し、冷えた目を彩乃に向けた。

「今の声は彩乃のもの？」

「……」

彩乃が視線を逸らす。

場の雰囲気は一気に凍り付いた。

「あ、あの、怜さん……」

「なつきちゃんに謝って」

「いいんです！　怜さん！　彩乃さんは……っ！」

彩乃が大声を出したのは、なつきの失言が原因だ。

そのせいで彩乃が好きな人に責められるのは、耐えられなかった。

たとえ、その好きな人が自分の恋人だったとしても……

なつきの庇《かば》う声を聞いて、彩乃は眦《まなじり》を決した。

プライドが傷ついたのだろう。

「なによ、私は本当のこと言っただけじゃない！　そんなにその子に優しくしてても、どうせ付き合う気ないんでしょう！　それなら、最初からこの子に自分の立場をわからせたほうがいいと思っただけ！」

彩乃の怒りは、自分を責める怜に向けられているようだった。

怜はなつきの肩を引き寄せる。

そして、いつもより硬い声を出した。

「紹介が遅れたね。彼女は雨宮なつき。俺の恋人だ」

「怜さんっ」

「は？」

彩乃の顔は羞恥《しゅうち》と怒りで真っ赤になっていく。

白むほどに手をキツく握りしめ、キッと二人を睨《にら》みつける。

「そんな地味な子と付き合うなんて！　どうせ一時の気の迷いでしょう！　もう、知らない！」

「おい！」

「いいんです！　怜さん！」

去っていく彩乃を追いかけようとした怜を、なつきは必死で止めた。

怜はしばらく彩乃の背をじっと見つめていたが、やがて諦《あきら》めたように力を抜いてくれる。

そして、なつきを覗き込んだ。

「なつきちゃん、大丈夫？」

を思った。


「彩乃、あんな子じゃなかったはずなんだけど……」

なつきはその言葉になにも返せないまま、自分のせいで傷ついてしまった彩乃の心情を思った。

「はい」


それから一時間ほど新幹線に揺られ、二人はなつきの実家に辿り着いた。

なつきの両親は二人を大歓迎してくれ、早速今晩泊まる部屋に通してくれた。

恋人同士なのだからと同じ部屋を用意してくれていたようなのだ。

怜は用意された部屋に荷物を置きながら、部屋をぐるりを見渡す。

「大きなお家だね」

「田舎の家ですから。周りには田んぼしかないですし」

なつきは、そうにこやかに答えた。

実家は古い日本家屋だ。

ほとんどの部屋は和室で、部屋同士は扉ではなく襖《ふすま》で仕切られている。

なつきの両親が用意してくれたのはその中でも大きな部屋で、床《とこ》の間まであった。

「ここら辺って、温泉が出るんだね。温泉街も栄えてるみたいだし、後で一緒に行ってみたいな」

「はい」

なつきは頷く。しかし、いつもの元気は出なかった。

そのことに目聡《めざと》い怜が気が付かないわけがなく、彼は心配そうに声をかけてきた。

「なんか、さっきから元気ないね。どうしたの？」

「なんでもないですよ！　大丈夫です！」

「彩乃のこと？」

まるで心を読んだかのような的確なひと言に、なつきは目を剥《む》いた。

驚いた表情で彼を見上げると、彼は困ったように眉根を寄せている。

「彩乃の言ったことなら気にしなくていいよ。なつきちゃんは可愛いし、地味でもなんでもないよ」

「えっと、彩乃さんの言ったことは、実はあまり気にしてなくて……」

「じゃあ、なに？　彩乃と俺のこと疑っちゃった？　もしなつきちゃんが嫌なら、彩乃とはもう会わないようにするし、連絡先も消すよ」

「それはダメです！」

「なつきちゃん？」

「それはしないであげてください……」

悲しくなって目を伏せた。なつきには彩乃の気持ちがわかるのだ。

もちろん全部がわかるわけではないけれど、同じ人を好きになった者同士。彼に焦《こ》がれる気持ちはわかるつもりだ。

「怜さん、お願いがあるんです」

「なに？」

「ぎゅってしてもらっていいですか？」

怜は少し驚いた顔をした後に、なつきを包み込んでくれた。

温かな腕に包まれて、なつきは決意を新たにする。

「私、負けませんから！」

「ん？」

「どんなに綺麗《きれい》な人が来ても、怜さんのこと絶対に渡しません！　怜さんに飽きられないように努力もします！　頑張ります！」

同情ではなく、彩乃のことは不憫《ふびん》に思う。

ずっと恋慕っていた相手が、自分よりも格下の相手に取られたのだ。

想像しただけでも、すごく胸が痛い。

けれどそれ以上に、なつきは彼女を脅威《きょうい》に感じていた。

あんなに綺麗《きれい》な人が本気で怜にアプローチを仕掛けてきたら、きっと自分は勝てないだろう。そう思ってしまう。

だけど、負けたくなかった。怜を取られたくなかった。

小さく握りこぶしを作る彼女を抱きしめながら、怜は「あー……」と声を漏らす。

そして、肩口に顔を埋《うず》めた。

「怜さん？」

「なつきちゃんって本当に可愛いね。最高」

「あ、ありがとうございます……」

なつきは、はにかみながら頭を下げる。

「俺も頑張ろう。なつきちゃんにフラれちゃわないように」

「絶対にそんなことはないです！　私が、怜さんを振るなんて、そんな……」

「じゃあ、大丈夫だね。俺がなつきちゃんのことを振ることは、もっとあり得ないから……」

「……怜さん」

彼の言葉に勇気が湧いてくる。ぽかぽかと胸の辺りが温かくなった。

怜はなつきを抱きしめながら、染み入るような声を出した。

「これなら、おじいちゃんとおばあちゃんになってもずっと一緒にいられるね」

「そうですね」

なつきは怜を抱きしめながら、元気に頷いた。

その時だ。なつきの母親の呼ぶ声がした。

母親に呼ばれたなつきは、慌てて部屋から出て行く。

――その時、なつきの背中を見送りながら怜が、

「うーん、わかってないところがまた」

と、顎を撫《な》でていたことを、彼女は知る由《よし》もない。


その日の昼食は外食だった。

張り切ったなつきの父がお店を取っていたらしく、四人はそこで楽しく食事をした。

温泉街が近いということもあり、食事処は至るところにあって、観光客も多い。

人混みをかき分けながら、四人は並んで歩いていた。

この後は家に帰り、だらっと過ごす予定である。

なつき的にはその時間に二人で温泉を楽しみたいと思っているのだが、父が怜を離してくれるかどうか怪しい。

なつきの父は豪快な人間で、怜とはいろいろな意味で違う人間だったが、そこが逆によかったらしく、食事が終わる頃にはすっかり仲良くなっていた。

父親は怜のことをいたく気に入ったようで、なつきと母親そっちのけで話をしていた。

「いやぁ。なつきは昔から人がいいのか騙《だま》されやすくてねー。恋人ができたって聞いて、

ホント最初は心配して……」

「わかります。なつきさんって少し危なっかしいですよね」

「わかってくれるか！　ホント小さな時は大変でなー……」

「お、お父さん！　怜さんに変なこと言わないでよ！」

「へいへい」

食事の時にお酒を飲んだからか、なつきの父は饒舌《じょうぜつ》で機嫌がよかった。

仲の良い二人の様子に、なつきはほっと息をつく。

（お父さん、頑固《がんこ》だから第一印象がよくてよかったぁ……）

気難しい父が怜をどう思うか気になっていたので、並んで歩く二人の姿に肩の力が抜ける。

これなら心配はないだろう。そう思っていた時だった。

前から歩いてきた集団に、なつきの足は止まる。

「……彩乃さん」

「――っ！」

なつきと同じような顔をして、彩乃も歩を止めた。

彩乃は友人たちと、たまたまこの近くに旅行に来ていたようだった。

二人が同時に立ち止まったことにより、二人の周りも足を止めた。

固まっていたなつきに、母親が心配そうな顔で声をかけた。

「なつき、知り合い？」

「あ、うん……」

曖昧《あいまい》に答える。まさか『恋敵《こいがたき》だ』と答えるわけにもいかない。

彩乃はなつきたちの顔ぶれを見て、状況を的確に理解したようだった。

「えっと……」

「なつき！　久しぶり！」

「え？」

彩乃のフレンドリーな声に、なつきは狼狽《うろた》えた。

彼女はにっこりと笑い、まるで古くからの親友かのようになつきに抱きついた。

女優もかくやという名演技である。

彩乃はなつきの手を握ったまま、怜を指さした。

「ねぇ、なつき。まだそんな男と付き合ってたの？　この前、泣かされたばかりじゃない！」

「ええ!?」

とんでもないことを言い出した彩乃に、なつきはひっくり返った声を出した。

しかし、彼女の攻撃の手は緩まない。

「お金貸してたり、浮気されたり、暴力振るわれたり。大変だって言ってたわよねー」

「ちょっと、なに言って――！」

彩乃はなつきの手をキツく握りしめる。その力に、なつきは思わず黙った。

彩乃の言葉は仮にも好きな人のことを指す言葉ではない。

可愛さ余って憎さ百倍ということなのだろうか。

それとも、なつきと怜が壊れれば、それで満足なのだろうか。

突然のことに困惑している間にも、彩乃は怜のでたらめな情報を両親に吹き込む。

「えー。だってこの前、浮気されたって泣いてたじゃない！　だから言ったのよ。あんなにかっこいい人が、なつきだけにぞっこんになるはずないって！　もうホント、この子ったら騙《だま》されやすくて、流されやすいんだから！　おまけにお人好《よ》し！」

彩乃の言葉に、父の顔は真っ赤に染まり、身体は小刻みに震えていた。

「なつき、本当なのか⁉」

「え、ちが……」

「じゃあね、なつき。友達が呼んでるから行くわね！」

嵐のように彩乃は去っていく。

凍り付いた空気が四人を包んでいた。

「父には一通り説明したんですけど、なんかまだ疑ってるみたいで……、すみません」

家に帰り、なつきは怜に頭を下げた。

なつきも怜も両親にできるだけ事情を説明したのだが、父はまだ怜のことを疑っているようだった。

唯一の救いは、母親がなつきの味方だということだろうか。

「いいよ。元々俺が彩乃に恨《うら》まれるようなことをしたのが原因だし。お父さんの誤解は少しずつ解いていこう。時間はあるんだし」

「……はい」

なつきは沈んだ顔で頷く。

「本当に気にしないで、大丈夫だから。大事な娘のことだから、慎重になるのは当たり前だよ」

「怜さん」

泣きそうな顔で、なつきは怜を見上げる。

怜はそんななつきを勇気づけるように頷いてくれた。

しかし、夕食の雰囲気はこれ以上ないぐらい険悪だった。

気を使った怜が何度か話しかけたのだが、なつきの父は素っ気ない返事ばかりで、会話は続かない。

最終的には無視を始めたので、怜も困った顔をするしかなかった。

母は怜に謝るが、そんな時も父は無言を貫いていた。

そんな父の態度に、さすがのなつきもキレた。

「お父さん、いい加減にして!!」

ガンと机を叩きながら、なつきは立ち上がる。

珍しい彼女の大声に、その場にいた全員が目を剥《む》いた。

「なつき!?」

「さっきのは違うって何度も言ってるじゃない！　怜さん、無理して来てくれたのに、どうしてそういう態度を取るの!?　怜さんは私の大切な人なんだよ！」

「そ、それは……」

泣きそうななつきの声に、父は狼狽《うろた》えた。

視線を彷徨《さまよ》わせながらなつきを見上げるが、彼女は強く睨《にら》み返す。

「怜さんはいい人だよ！　お金だって貸したことないし、暴力だってない！　娘の言うことより、他の人の言うこと信じちゃうの!?」

「それはお前が、騙《だま》されやすいから……」

「騙《だま》されてないって言ってるでしょう！　それとも、私が本当の娘じゃないから、ちゃんと聞いてくれないの!?　おねぇちゃんの時は、なにもなかったのにっ！」

「ちが……」

「お父さんなんて大っ嫌い！」

腹の底からそう叫んで、なつきは怜の腕を取り、立ち上がった。

そして、止める両親の声を振り切り足早にリビングを出る。

なつきたちは用意された部屋に逃げ込むと、息をついた。

そして、出していた服などを鞄に詰める。

「怜さん、帰りましょう！　もういいです、お父さんなんて!!」

「なつきちゃん」

「怜さん、ごめんなさい。こんなことになって……」

いつの間にか目から溢《あふ》れていた涙を拭うと、怜は優しくなつきを抱きしめてくれる。

子供をあやすように頭を撫《な》でられて、なつきは彼の腕の中で嗚咽《おえつ》を漏らした。

肩を上下させながら泣くなつきに、怜は優しく言い聞かせる。

「大丈夫、なんとかなるよ。お父さんは悪い人じゃないわけだし……」

「でも……」

「任せて。誠意を込めて話し続ければ、きっと伝わるから」

顔を上げると、優しく微笑む怜の顔がある。

怜はなつきの涙を親指で拭うと、愛おしげに目を細め、頬に口づけた。

「それにさ。恋人を泣かせたまま帰っちゃダメでしょ、男として。……なつきちゃんはここで休んでて。俺はお父さんと話してくるよ」

「でも、なにか酷いこと言われるかも……」

「まぁ、実際俺は酷い男だったわけだしね。そのぐらいじゃなんとも思わないよ。それにさ、話せばわかってくれると思うんだよね、お父さん。なつきちゃんのこと、すごく大切に思ってるだけだから……」

怜はそこでなつきの身体を離した。

そして、身体を屈《かが》め、なつきと目線を合わせる。

「それで、俺がちゃんとお父さんと話をつけたら、なつきちゃんもちゃんとお父さんに謝ろうね。『私が本当の娘じゃないから……』なんて本当に思ってるわけじゃないでしょう?」

「……はい」

なつきがこの家に来てから一度もそのことを考えなかったかと言われたら、決してそうではない。

けれど、今は少しもそんなことは思っていない。

両親は自分を本当の子供のように思ってくれているし、またなつきも二人を本当の両親と同じぐらい大切に思っている。

もちろん、それなりに遠慮はあるし、育ててもらった恩は姉より重く受け止めているかもしれない。

しかし、それだけだ。

あんなことを言ったのは初めてだった。

あまり言い返すということをしないなつきにとっては、それはほとんど初めてに近い反抗だった。

「じゃ、行ってくるね。なつきちゃんはゆっくりしてて」

怜はなつきを部屋に残して出ていく。

その背中を見送った後、なつきは壁に寄りかかった。

「頭冷やそう」

このままでは冷静に話し合うのは難しそうだった。

◆◇◆

怜がリビングに戻った時、なつきの父は背を向けて座っていた。

まるで拒絶するかのようなその背を見ながら、怜はさっき自分がいた場所へ座り直す。

するとなつきの父はぎろりと視線だけを動かした。

「……なつきのところにいなくてもいいのか？」

「はい。恋人とその家族を、自分のせいで仲違《たが》いさせたまま帰るわけにはいきません」

「俺はお前を信用できんぞ」

「そうかもしれませんね」

苦笑いしつつ、臆《おく》することなく怜はそう言った。

泡のなくなったビールに口を付けると、苦みだけが舌を撫《な》でる。

「交際も反対だ」

「今は仕方ありません。いつか認めてもらえるよう努力します。どんなことがあっても、俺はなつきさんのことを手放したりはしませんから」

どこか挑戦的にも聞こえるような響きで、怜はそう言う。

その姿があまりにも堂々としていたためだろうか、なつきの父も少し身体を怜のほうに向けた。しかし、彼の眉間には深い皺《しわ》が刻まれている。

怜は前を向いたまま言葉を続けた。

「それに、彼女にまったく下心を抱かず近付いたわけではないので、お父さんの判断は正しいと思います」

「……どういうことだ？」

「実は俺、不眠症でして。なつきさんに近付いたのは、最初彼女の体質が目当てでした」

怜の言葉に、なつきの父は目を眇《すが》めた。

「だけど、そんな俺のことを彼女は馬鹿正直に心配してくれたんです。まるで自分のことのように気遣ってくれて、俺自身よりも胸を痛めてくれました。それで、気が付いたら好きになっていました」

怜はそこで初めて父のほうを向いた。

父の瞳には、優しいながらも強い意志が見て取れる。

「だから、お父さんのカンは当たっていると思います。俺は卑怯《ひきょう》で傲慢《ごうまん》な男です。けれど、なつきさんのことは心から大切に思ってますし、守っていきたいとも思っています。一度手放しかけて、だけど彼女の存在の大きさを痛感して諦《あきら》められませんでした。だからもうきっと、離れられないと思います」

怜のよく通る声が、まっすぐになつきの父へ向かう。

「俺のことはこれからの俺の行動で見極めてください。だけど、この気持ちだけはわかってほしくて……」

「……なつきから家族のことを聞いたか？」

怜の言葉を遮《さえぎ》るような形で、彼は言う。

先ほどよりも棘《とげ》の抜けた声色は、どこか頼りなかった。

「はい。素敵なご両親が四人いると聞いています」

「そうか。……なつきは相当、君に気を許してるんだな」

長い息を吐いて、なつきの父の背中は丸まった。

「なつきは、全然甘えない子だったんだ」

ぽつりと零した一言は、怜の耳に届くか届かないかの小さな声だった。

「遠慮しているのか、なにがほしいとも、なにがしたいとも言わない子だった。怒らないし、泣かないし、いつも微笑んでいるだけ。だから、あんなに怒った姿を見たのは初めてだったんだ。――なつきは君のことでは怒るんだな」

大きな身体が小刻みに揺れた。

怜は彼の顔を見ないように視線を前に戻す。

しばらくの間、目の前のビールに口を付け、ちびちび舐《な》めていた。そして、コップの中身がなくなった頃合いだった。

どん、と怜の目の前にビール瓶が置かれた。

怜は目を瞬《またた》かせ、それを置いた人物を見上げる。

「だからと言って、まだ信用したわけじゃないからな！」

空になったコップに、なつきの父はビールを注《そそ》いだ。

そして、元気を取り戻したような声を上げる。

「さぁ、飲め！　お前の本音を聞き出してやる！」

「はい。いただきます」

怜は微笑みながら首肯した。

◆◇◆

（なにもかも怜さんに押しつけて、本当最悪……）

その頃、なつきは一人外に出ていた。

大粒の雨が降っていて、なつきの傘を何度も叩く。

隣の川は増水していて溢《あふ》れることはないが、落ちたらひとたまりもなく流されてしまいそうだった。しかも周りに柵《さく》がないので、ぬかるんだ土手を滑り落ちないよう、なつきは少し離れて歩くことにした。

（今までお父さんに反抗なんかしたことなかったのに……）

じっとりと湿ってきた靴で雨を蹴りながら、なつきは先ほどの喧嘩を思う。

思考の海にどっぷりと浸かっていたせいか、なつきは前から歩いて来る人に気が付かなかった。

傘同士が当たり、初めて人の存在に気が付き、顔を上げる。

そして、誰なのかを確かめず頭を下げた。

「あ、すみません」

「げ……」

本当に嫌そうな声だった。

なつきはその声に、目の前の人物を確かめる。

「え、彩乃さん？」

「最悪……」

なつきから顔を逸らし、彩乃はそうぼやいた。

先ほどのフレンドリーな声からは想像できない刺々《とげとげ》しさだ。

「どうしてこんなところに……」

なつきは首を傾げた。

彼女の周りには先ほどとは違い、人はいない。彩乃一人だけだ。

外はもう暗くなっていて観光という時間でもないし、雨が降っているので普通は外に出ないだろう。

なつきの問いに、彩乃は鼻に皺《しわ》を寄せて不快感を露《あら》わにした。

「別に、あなたたちがどうなったか気になって来たわけじゃないんだからね。——ただ、怜が……」

そのまま口を尖《とが》らせた。

——きっと、彼女はあの後、多少なりとも後悔したのだろう。後悔して、そして、困ったことになった怜の様子を確かめようとしたのかもしれない。

この辺は民宿や宿泊施設は多いが、ただの民家は少ない。

この辺りでは『雨宮』という名字は珍しいので、宿の人に聞いてすぐに見当をつけられたのかもしれなかった。

彩乃はキッとなつきのことを睨《にら》みつける。

「さっきのこと、謝らないから！」

「私もさっきのことは、怒ってます。でも、謝らなくてもいいです」

「は!?」

「私だって、もし逆の立場だったら、同じことしてたかもしれないから……」

なつきは本当に、彩乃に謝ってほしいとは思っていない。

謝ってもらっても、どうにもならないからだ。

もっと、なつきと父がちゃんと話し合えていたら、こんなことにはならなかった。

突き詰めれば、これは自分の責任なのだ。

「……によそれ……」

彩乃は俯《うつむ》いたまま、手が白《しら》むほど握りこぶしを作った。

「なによそれ！　あなた、私に同情してるの⁉」

「そういうわけじゃ……」

「そういうのが一番腹立つ！　自分は特別だって心の中では思ってるんでしょ！」

怒りに任せた声に、空気が震えた。

肌がピリピリと痛み、全身に鳥肌が立つ。

それぐらい凄《すさ》まじい怒りだった。

「なんでアンタなのよ！　私はこんなに一生懸命やってるのに！　アンタなんか怜に、すぐ飽きられるわよ！」

「わ、私もそうならないように頑張ります！　今は努力が足りないかもしれないけど、きっと、彩乃さんよりも努力します！　怜さんに飽きられないように！」

なつきも負けじと声を張った。

「メイクも、服装も地味だけど！　いつか彩乃さんみたいに綺麗《きれい》な人になれるように頑張ります」

「なんなのよあんた……」

なつきの思わぬ反撃に、彩乃は後ずさった。

まさか、言い返すとは思わなかったのだろう。

しかもそれが、自分を否定する言葉ではないことに、戸惑っているようだった。

「大体アンタが……っ！　あっ!!」

その時、興奮状態の彩乃は、足を滑らせた。傘が舞い、身体が一瞬だけ宙に浮く。

彼女が落ちた土手の先には、川がある。

「彩乃さんっ！」

なつきは手を伸ばした。その手が彩乃の腕を掴《つか》む。

しかし、彩乃が落ちるのを止めることはできず、二人はあっけなく川に落ちてしまったのだった。


気が付けば、なつきは河川敷で横になっていた。

頭上には橋が通っていて、雨は顔に降ってこない。

水をたくさん飲んだためか、呼吸が上手くできず意識は朦朧《もうろう》としていた。

覚えているのは、気を失った彩乃を必死に川岸まで引っ張っていったことだけ。

彼女を岸に上げてからの記憶は一切なかった。

「ホント馬鹿じゃないの、アンタ。……ちゃんと生きて待ってなさいよ……」

その声が聞こえて、なつきは横を見た。

すると、びしょ濡れの姿で走り去る彩乃のうしろ姿が見える。

（あ、無事だったんだ。よかった）

そう思った瞬間、気が抜けたのか一気に意識が遠のく。

そしてなつきは意識を手放したのだった。


次に気が付いたのは、ベッドの上だった。

瞼《まぶた》に突き刺さる日の光に、なつきは目を開ける。

身体を起こそうとするが、上手く起き上がれなかった。

「なつきちゃん」

その声に、なつきは隣を見た。

すると、そこには安堵《あんど》の表情を浮かべる怜の姿があった。

「れい……さん……」

掠れた声で彼の名を呼ぶと、彼は泣きそうなほどに顔を歪める。

「ほんとよかった」

覆《おお》いかぶさるようにして抱きしめられる。

部屋の中には二人以外はおらず、なつきも怜に縋《すが》りついた。

「大丈夫？　どこか痛いところは？」

「平気です。少しだるいだけで……」

「そう」

怜は身体を離し、なつきの頬を撫《な》でる。

「川に落ちた彩乃を助けたんだって？」

「どうしてそれを……」

「彩乃から聞いたんだよ。……彼女が俺たちを呼んでくれたんだ」

話を聞いたところによると、綾乃はびしょ濡れのまま雨宮家に駆け込み、怜と両親をなつきのいる場所に案内したそうなのだ。

「彩乃さんは、大丈夫ですか？」

「うん、なつきちゃんより軽傷。傷を手当てしたら、すぐに出ていったよ」

「そうなんですか。よかった」

なつきは胸を撫《な》で下ろす。

すると、ベッドの隣にいる怜の気配がわずかに険しくなった。

「なにもよくない」

「え？」

「俺はすごく心配した」

拗《す》ねるような声色に、なつきは噴き出した。

その様子に「おかしいこと言ってるつもりはないんだけど……」と怜は更に機嫌を悪くする。

「心配させてしまって、ごめんなさい」

「俺だけじゃなくて、みんな心配してたんだからね」

「そうですよね。後でちゃんと謝っておきます」

「そうしてあげて。お父さんも本当に心配してたんだから……」

なつきは静かに頷いた。

怜の話だと両親は今、医者から話を聞いているらしい。

「そう言えばさ。お父さん、なつきちゃんが出ていった後、男泣きしてたんだよ」

「え？」

「『なつきが初めて反抗した』『嬉しい』ってね。なんかさ、なつきちゃんがいい子過ぎて、すごく心配だったみたい。自分は父になれてないんじゃないかって思ってたらしいよ」

「そんなことないのに……」

なつきが両親に反抗しなかったのは、性格ゆえだ。

別に両親と距離を取っていたというわけではない。

しかし、そのことに対して彼らが壁を感じていたのなら、本当に申し訳なく思うのだ。

「お父さんとも、ちゃんと話し合わないとダメですね」

そう呟いた時、扉のほうから耳を劈《つんざ》く大きな声が聞こえてきた。

「なーつーきー!!」

その声は父のもので、涙に濡れていた。

父は寝ているなつきを起こし、抱きしめると、その肩口で自分の涙をぬぐった。

「もうホントお前は！　水泳の成績だって、体育の成績だって、よかったためしがないのに！」

「ちょっと、怜さんの前で恥《は》ずかしいって！」

顔を熱くしながら、なつきは狼狽《うろた》える。

その父のうしろでは母が呆《あき》れたような顔をしていた。

「お父さん。先生の話、まだ終わってないですよ」

「うるさい！　そんなものは後でいい！　大体、医者の怜くんが大丈夫だと言えば大丈夫だろう！」

「まぁ、大丈夫だとは思いますが、専門外なので。……頭を打ってるかもしれないから、ちゃんと二、三日は様子を見ようね、なつきちゃん」

「ちゃんと怜くんの言うことを聞いて安静にしているんだぞ！　なつき！」

「うん……って、二人はもう和解したの？」

なつきが首を傾げたところ、怜が「まぁ、あの後いろいろあってね」と苦笑した。

「それに、最終的には彩乃が全部嘘だって認めてくれたし。そこら辺の誤解はもう解けてると思うよ」

彩乃が自分の嘘を認めたところで父の機嫌がここまでよくなるわけがないので、きっと怜がいろいろと頑張ったのだろう。

二人が仲良くなっている事実に、なつきは胸が温かくなった。

◆◇◆

それから簡単な検査を終え、翌日、二人は帰ることになった。

両親は新幹線のホームまで、なつきたちを送ってくれる。

「お父さん、いろいろごめんね。二人は私の最高の両親だよ」

「あたりまえだろうが！　なにを今更……」

ふんと鼻を鳴らし、父は顔を逸らす。

その隣で母は肩を揺らしながら笑っていた。

「もう、お父さんったら、照れなくてもいいのに」

「うるさい！」

軽快なメロディがホームに流れ、新幹線が駆け込んでくる。

風圧に靡《なび》いた髪の毛をまとめ、なつきは両親と向き合った。

怜はなつきの隣に立ち、軽く頭を下げる。

「それでは、お世話になりました」

「今度は嫁にもらう覚悟ができた時に来なさい！」

「お、お父さん！」

父のとんでもない発言に、なつきは飛び上がった。

しかし、隣に立つ怜に動揺は見られない。いつもどおりの爽《さわ》やかな微笑みを浮かべているだけだ。

「俺としては今回も、そういうつもりで来ていたんですが。……では、また近く改めて」

「えぇ⁉」

「おう！」

「ちょっと！」

挨拶《あいさつ》を交わす二人を、なつきは交互に見る。

「それじゃ、そろそろ新幹線も出るし、行こうか」

「え、あ、はい！」

なにがなんだかわからないうちに手を引かれ、なつきは新幹線に乗った。

ホームには手を振る母と、ニカリと笑みを浮かべる父がいる。

それから間もなく扉が閉まり、新幹線は発車した。

小刻みの振動がなくなり、スピードに乗ったのかまるで浮くように走る車体。

なつきは車中で、身じろぎもせず固まっていた。

先ほど聞いた言葉が頭の中を駆け巡り、夢が膨らんでいく。

（嫁って……いや、まさか。だって、まだ付き合って三ヶ月だし！）

都合のいい妄想を頭を振って追い出す。このままでは変な期待をしてしまいそうだった。

「なつきちゃん」

「はい⁉」

怜はなつきの反応をおかしそうに笑った後、スマホの画面をなつきに見せた。

「彩乃から」

そこには怜にではなく、なつきに宛てたメッセージが書き込まれていた。

『まぁ、精々頑張りなさいよ！　飽きられたら私がかっ攫《さら》うからね！

あと、アンタには今のメイクより、こっちのメイクのほうが合うと思うわよ！』

メッセージの下にＵＲＬが張り付けてある。

それを押したところ、メイク講座の動画が流れ始めた。

これを見て参考にしろということなのだろう。

謝罪もなにもないメッセージだが、それがとても彩乃らしいとなつきは思う。

「ありがとうございます。彩乃さん」

――今はまだ仲良くはできないかもしれないが、もう少しお互い冷静になったらまた話してみたい。

なつきはそう思ってしまった。

「なんか、誰とでも仲良くなっちゃうよね、なつきちゃんって」

「そうですかね」

「そういう君だから、俺は一生一緒にいたいって思うんだろうね」

「……へ？」

声がひっくり返った。

まるで熱したやかんのように頬が一気に熱くなる。

怜は優しげな瞳を細めて、なつきを見下ろしていた。

「ここじゃ格好つかないから、本番はもうちょっと後ね。今、いろいろ準備してるから」

「え、それって……」

「やだな、プロポーズに決まってるじゃない。嫌なわけ……ないよね？」

夢見心地で、なつきはこくりと頷く。

「……楽しみに待ってます」

「はい。楽しみに待っていてください」

自然と、どちらからともなく唇を重ねた。

エピローグ

なつきの実家から帰ってきたその日の晩。

二人の姿は怜の部屋の風呂場にあった。

「あー、やっぱり少し傷になってるね」

湯船の中で、怜はなつきを抱え込む体勢で、腕をまじまじと見ていた。

なつきの腕には川に落ちた時にできた傷がある。

職業柄、傷や血を見慣れているはずの怜だが、なつきの腕や脚についた傷に指を這《は》わせながら、辛そうな顔をしていた。

「なつきちゃん、これ痛くないの？」

「大丈夫です。ほとんどがかすり傷なので。身体を洗う時はちょっとしみますけど」

「傷口は洗い過ぎないようにね」

「はい」

元気に頷くなつきの身体を、確かめるように大きな手がなぞっていく。

そのたびに、ぞわぞわとした快感が背中を駆け上がった。

「ちょっと、怜さん。手つきが……」

「なに？　俺はなつきちゃんの身体を触診しているだけだよ」

すまし顔でそんなことを言う怜に、なつきは口を尖《とが》らせる。

「じゃあ、これはなんですか？」

背中に感じる彼の雄を、なつきは顔を熱くしながら指摘した。

彼のそれは、もういつ本番を迎えてもいいように大きく立ち上がっている。

「いや、まぁ。なつきちゃんとお風呂に入ってるんだから仕方がないよね」

「なにもしないって言うから、一緒にお風呂に入ったのに」

「まだなにもしてないよ？」

「……じゃあ、この後もなにもしないんですか？」

「それは、なつきちゃん次第かな」

怜はそう言って笑い、なつきの中心に手を這《は》わせる。

割れ目をそっと撫《な》でられて、なつきは身体をくの字に曲げた。

「ん」

「あれ、これはなにかな？　水じゃないものがなつきちゃんの下の口から溢《あふ》れてるみたいなんだけど」

円を描くように入り口を攻められ、なつきの腰は浮いた。

「ふ、ぁ……」

「おかしいね、まだ少し触っただけなのにヒクヒク動いてる。……ねぇ、なつきちゃん。もしかして期待してた？」

いじわるな問いかけに、なつきは頷く。

「お風呂で、とかは考えてなかったですけど。二人っきりになったら……とは思ってました。だって、実家に帰ってる間、ずっと怜さんに触れてなかったから……」

なつきの甘えるような声に、怜は抱きしめる腕の力を強くした。

「俺も、ずっとなつきちゃんに触れたかったよ」

囁かれた声が風呂場に反響して、胸に迫る。

お湯が温かいからか、いつもより簡単に体温は上がっていく。

「ねぇ、いい？」

怜はなつきの首筋にキスを落としながら懇願する。

「ここで、ですか？」

「うん。もう我慢できそうにない」

お風呂場でするなんて初めてだ。けれど、早く繋がりたかったのはなつきも一緒で、頷くことで承諾を示した。

「ごめん。後でベッドでもしっかり愛してあげるからね」

「いいんです。私も、その、早くしたかったから……」

「なつきちゃんの、えっち」

「――っ！」

怜は嬉しそうな顔をした後、なつきの臀部《でんぶ》を持ち上げ、自分の上にゆっくりと下ろした。

少ししか解《ほぐ》されていなかったのに、なつきの溝は怜の太いモノを一生懸命呑み込んでいく。

中に感じる彼の大きさと熱さに、なつきは息を詰めた。

「ん、んん……」

「苦しい？　大丈夫？」

「だいじょうぶ、です」

なつきは首を反らしながら怜のモノを最後まで受け入れた。

怜はうしろからなつきを抱きしめながら、甘えるように首筋に顔を寄せる。

「すごいね。離したくないって言ってるみたいに絡みついてくる」

「そ、そういうこと言わないでください！　恥《は》ずかしいです！」

「じゃあ、なんて言えばいいの？」

「それは……」

怜は振り向いたなつきの唇を奪う。そのまま後頭部を引き寄せ、彼は彼女の唇を何度か食《は》んだあと、ゆっくり離れた。

「なつきちゃん、可愛い。本当に可愛い」

手放しの称賛に、なつきは恥《は》ずかしくなって視線を逸らした。

「なに？　これもダメなの？」

「ダメじゃないですけど……。怜さんって、すごくお世辞が上手ですよね」

怜に言われると、まるで自分が本当に可愛い女性なのだと錯覚しそうになるから不思議だ。

別に彼の気持ちを疑っているわけではないのだが、怜ほど女性を知っている人からすれば、なつきなんて『可愛い』のカテゴリーには入らないだろうと思うのだ。

「お世辞じゃないよ。なつきちゃんは可愛いよ」

「……ありがとうございます」

「むー、信じてないな」

拗《す》ねたように唇を尖《とが》らせたあと、怜はなつきの腰を持ち上げ、ゆっくりと突き上げ始めた。

「ん……ゃぁ」

「付き合う前から、ずっと思っていたよ。可愛い子だなって」

怜の甘い蜜のような声が、撥《は》ねる水音と共に耳朶《じだ》に届く。

「なつきちゃんはね、嬉しそうに笑う顔が一番可愛いんだよ。あと、一生懸命なにかに取り組む横顔とか。上目づかいで見上げてくる顔とか。恥《は》ずかしくて赤くなっている顔とか。もう全部、狙ってるのかなってぐらい最高だよね」

怜の動きは激しくない。なつきもゆっくりと高まりを感じていた。

「皆に見せつけたいなって思うのに、その反面、俺だけが知っていればいいって思ってしまうから困りものだよね」

「……でも、その気持ちわかります」

「え?」

「私も、こんな怜さん、誰にも見せたくないですもん」

「可愛いこと言ってくれるよね。ほんと」

次の瞬間、彼の雄がなつきの最奥を容赦なく抉《えぐ》った。

「あぁんっ」

先ほどよりも激しくゆさゆさと揺さぶりながら、怜は機嫌よく笑う。

「悪い虫がつかないように、気を付けておかないと」

突かれるたびにお湯が撥《は》ね、ばしゃばしゃと溢れ出る。

すごく深く繋がっているためか、いつもより奥で彼の存在を感じてしまう。

頭は痺《しび》れ、思考は蕩《とろ》けきっていた。

「あ、あぁん、ぁ、ぁ」

「まだまだしたいことはあるし、今はここら辺にしとこうか。なつきちゃんがバテちゃダメだからね」

「まだまだ？」

「まさか、今日は眠れるだなんて思ってないでしょう？」

「へ？」

なつきが言葉を理解する前に、怜が今まで以上に激しく突いてくる。中をぐちゃぐちゃにかき混ぜられ、なつきは怜の上でのけぞった。

「ひゃぁあぁんっ！」

下半身がびくびくと震える。怜のモノもなつきの中でどくどくと脈打っていた。

お風呂から上がった二人はさらさらとしたシーツに寝転がりながら、抱き合っていた。お互い身を寄せながら、ゆったりとした時間を楽しんでいる。

「怜さん、不眠症のことですけど」

「なに？」

「やっぱりちゃんと治しましょうね」

見上げてくるなつきを怜は優しく抱きしめ、髪を梳《す》いた。

「なんで？　俺は別に治さなくてもいいよ。なつきちゃんがいるんだし。……それとも、俺の前からいなくなっちゃう予定でもあるの？」

　不安げな声に、なつきは首を横に振った。

「そういうわけじゃないです！　ただもし、私がまた川に落ちたりして、一時的に怜さんの側にいられなくなるってこともありますから……」

「ダメ。そういうこと言わないで」

　息ができないほどに、怜はなつきを抱きしめる。

「君が川に落ちた時、本当に心配した。もしこのまま目覚めなかったら……って。医者だからさ、命に別状はないって誰よりもわかってるのに、すごく怖くて仕方がなかった。死んじゃったらどうしようとか、ほんと、いろいろ……」

「あんまりそういう風に見えなかったです」

「ポーカーフェイスは医者の基本だからね。患者さんや家族の前で不安な顔はできないでしょう？　でも、あの時は結構しんどかったんだよ」

　怜の指先は、なつきの頬を優しく撫《な》でた。

「なつきちゃんがいなくなったら、俺は不眠症とか関係なく生きられなくなっちゃうよ。それでもいいの？　俺が抜け殻のようになっても君は平気？」

　なつきは、ゆっくりと首を横に振った。

「それなら、もうそういうことは言わないで。不安で余計に眠れなくなっちゃうから」

なつきは彼の腕の中で「はい」と返事をする。

不謹慎にも、少しだけ嬉しいと思ってしまった。

自分の死を彼がこんなにも恐れていることが、愛されている証《あかし》のような気がして、胸が温かくなる。

「ま、それは別にして。最近、なつきちゃんがいなくても寝られる日が多くなってきたんだよね。これ、症状が改善している傾向だと思わない？」

「え！」

なつきは嬉しくなって声を上げる。

怜の口元にも笑みが浮かんでいた。

「誰かさんがずっと一緒にいて、安心できる時間をたくさん作ってくれたからじゃないかと、俺は見てるんだけど。なつきちゃんの見解はどうかな？」

「もしそうなら、すごく、すごく、嬉しいです！」

なつきは全身で喜びを表すように小さく揺れた。

「でも、俺がちゃんと眠れるようになっても、なつきちゃんは側を離れちゃダメだよ？」

「はい。怜さんも離さないでくださいね！」

「もちろん」

――明日も明後日《あさって》も、十年後も二十年後も、こうやって二人で過ごしたい。
二人の気持ちは完全に一つになっていた。
そんな二人が永遠を誓うのは、それから一年後の話――

書き下ろし番外編

小さな命

『俺たちは、他人の死に目には会えても、親の死に目には会えないのかもしれないな―』

それは、研修の時に同期が言った言葉だった。

怜はその言葉に『そんなことないだろ』と笑いながら返したが。正直、医者というものはそういう仕事だと、彼はその時にはもうわかっていたし、覚悟もしていた。同じ仕事に就いている両親の背中を幼い時からずっと見ていたせいだろうか。それとも、他人のために身を粉《こ》にする自分をどこか誇らしく感じていたからだろうか。ともかく、今更そんなことに文句を言う同期に対して、怜は当時、内心ガッカリさえしていた。

しかし今、怜はその時の自分を殴ってやりたいと、心の底から思う。

「あぁ、もう！　なんでこうなるかな！」

怜は走っていた。病院から一歩踏み出した直後から、脇目も振らず。

さすがに病院内は走らなかったが、許されるギリギリの競歩で出口を目指していた。

彼がここまで急いでいる理由。それは、なつきから届いた一件のメッセージだった。


『陣痛が始まったので、病院に行ってきます』

なつきの妊娠がわかったのは、ちょうど半年ほど前。彼女は元々生理不順で、月のものが来ないのも、いつものことだと流していたらしい。気が付いたのは、急に油物の匂いがダメになったからで。なつきの姉の沙樹にそのことを相談したところ『最近、避妊はどうしてるの?』と聞かれ、自分が妊娠しているかもしれない可能性に思い至ったというのだ。


なつきはその日のうちに産婦人科にかかり、そして妊娠が発覚した。

その時も怜は、急患などで病院に呼び出されており、帰宅したのは深夜の二時を軽く回っていた。あまり夜遅くまで起きているのが得意ではないにもかかわらず、なつきは怜が帰るまで起きており、彼が帰宅すると同時に胸に飛び込んできて「赤ちゃんができたみたいなの!」と嬉しそうに報告してくれた。

出産は彼女の希望で実家近くの産院でという話になった。

怜としては、彼女の実家は少し遠いので本当は自分の勤務している総合病院の産科がよかったのだが、なつきは初産《ういざん》だし、里帰りの方が安心できるということで、話し合いの結果この形になった。出産から一ヶ月ほどは向こうで過ごし、その後体調が良くなったらこちらに戻ってくる予定である。

怜も予定日の前後で十日ほど休みを取っていたのだが、まさか休みを取ろうと思っていたその日に、来月に手術を予定していた患者の容態が急変するとは思わなかった。

急いで病院に向かい、患者の容態を見て、緊急手術。手術は無事成功し、残っていた他の医者に患者を引き継いで、今に至るというわけだ。

怜は走っている途中に止めたタクシーに乗り込み、駅名を告げた後、なつきにメッセージを送る。

『なつきちゃん、大丈夫？　身体は平気？　もしかして、もう産まれた？』

すると思いのほか早くメッセージが返ってくる。

『まだです。子宮口もまだ開ききってないみたいなので、もう少しかかると思います』

そのメッセージにホッとした。まだ間に合うと、胸を撫で下ろしたのだ。

もう無理かもしれないが、本当は出産に立ち会う予定だったのだ。だからあらかじめ、出産予定日がわかったその日に休みを取った。

彼女に出会うまでの自分ならばあり得ない奇行である。

もちろん同僚たちは怜のその行動に驚いていたし、研修中に『親の死に目に会えないかもしれない』と嘆いていた同期は目をひん剥《む》いていた。怜が飄々《ひょうひょう》としながらも仕事にストイックな人間だということはみんな身をもって知っていたからだ。

（仕事は好きだけど、でも……）

仕事かなつきかと問われれば、迷うことなくなつきである。

比べるのも烏滸《おこ》がましいほどだ。

もちろん今の仕事は天職だと思っているし、人の命を守っている自分に誇らしさも感じる。『両親が医者だから……』という純粋とは言えない動機で医者になったが、仕事自体は好きだし、やりがいもある。

しかし、今はこの仕事に就いたことを少しだけ後悔していた。

理由は、『親の死に目に会えない』ではないが、『大切な人の大切な瞬間に側にいられない可能性がある』からだ。

一年前、なつきにプロポーズしようとした時もそうだ。

計画自体は結構前から練っていて、日にちも場所も完璧に用意していた。それこそいつかの約束通りに。

だけど、ちょうどその日に近くで火事が起きて、休みだった怜も呼び出される羽目になった。もちろん予約していたフランス料理もパーである。

なつきはそんな自分を快《こころよ》く送り出しただけでなく、部屋で怜が帰ってくるまで待っていてくれて『お疲れ様です。ご飯食べないで出ちゃったので、お腹空《す》いてますよね？』と帰宅した彼に食事まで出してくれたのだ。

そんなことが三回ぐらい続いて、なんだかもう、待っていられなくなった。プロポーズは予定していた時期よりも一ヶ月以上も後ろに倒れてしまっていて、あの時言えていたら彼女は今頃自分のものだったのに……とかいろいろ思いだしていたらたまらなくなったのだ。そして気が付いた時には、『なつきちゃん、結婚しよう』というセリフが口をついて出ていた。

そんな情けないプロポーズをしたにもかかわらず、彼女は嬉し涙を流してくれて『本当に嬉しいです。ありがとうございます』と指輪を受け取ってくれた。

後から聞いた話によると、プロポーズをしようとしているのはすぐにわかったらしい。だけどどうにもタイミングが悪いので自分から言ったほうがいいのかな……と怜から言ってもらうのは半《なか》ば諦めていたそうだ。だから怜から『結婚しよう』と言われた時は、本当に思ってもみなかったタイミングで、逆にそれがよかったのだと、彼女は言っていた。

それが本当なのか、彼女なりに気を使ってそう言ってくれたのかはわからない。

だけど、それが気遣いでも何でも、彼女を更に愛おしく思ったし、自分が更に情けなくなった。

結婚式のリハーサルをした時だってそうだ。リハーサルと言っても、ドレスを着てではなく、最終確認の打ち合わせといった感じだったのだが、その時だっていきなり呼び出しがかかった。

『休みのところすまない。高速道路で玉突き事故があって、人手が足りないんだ』

その電話がかかってきた時の自分の気持ちは、あぁもう！　である。

以前ならそんな呼び出しがあっても『わかりました。今すぐ行きます』と二つ返事で病院に向かったものだが、その時はとても向かう気にならなかったし、『いま遠出をしていて……』と嘘をつこうかとも思ってしまった。

結局、嘘もつかなかったし、病院にはちゃんと行ったのだけれど。

さすがに結婚式当日には何もなかったが、式が終わるまで身構えてしまったし、なつきのウェディングドレス姿に見惚れながらも、少しハラハラしていた。

こんなことが続くから、何度か転院か転科を考えたことがある。しかしながら、なつきが――

『命を救うって誰にでもできることじゃないし、頑張ってる怜さん、大好きです！』

と言ってくれるものだから、今までずるずると来てしまっていた。

(だけど、こんなことになるのなら、転院はまだしも転科ぐらいならしておけばよかったな……)

とも思う。

だけど、外科を続けていきたい自分がいるのも確かで、どうしても踏み切れないというのが正直なところだった。

タクシーが駅に着き、大急ぎで切符を買って、新幹線に乗り込んだ。平日だからか乗客はあまりおらず、車内は空《す》いている。しばらくして、新幹線は走り出した。

怜は指定された席に座ると踵《かかと》を踏み鳴らす。別にイライラしているわけではないけれども、そうしていないと逸《はや》る心を抑えられなかったのだ。

このまま何事もなく無事に着いてほしい。

怜の願いはそれだけだった。

(なつきちゃん、さっきからメッセージに既読つかないし……)

そして、それも気になっていた。

二時間ほど乗っていて、そろそろ降りる駅という時だった。

「うぅ……」

小さなうめき声が聞こえた。続けて、麦の詰まった麻袋を床に落としたような音。

怜は音のした方向を覗き見る。そして固まった。

なぜなら、彼が顔を覗かせた通路の先に、おばあさんが倒れていたからだ。

「大丈夫ですか⁉」

思わず駆け寄ったのは医者の性《さが》だ。

すぐさま脈拍を測り、最寄り駅を確認する。そして――

「そこの貴方！　今すぐ駅員さんを呼んできてください！」

と、野次馬に集まっていた一人の男性を視線で指しながらそう声を上げた。

心の中では
（あぁ、これでもう間に合わないな……）

と思いながら――


それから応急処置をして、なつきの産院に着いたのは夜も更《ふ》けてからだった。

面会時間ギリギリに滑り込んで、教えてもらっていた病室に駆け込んだ。中は個室で、扉を開けた瞬間、なつきが振り返る。そして、怜の顔を見て朗らかに表情を崩した。その腕の中には――

「赤ちゃん……」

「いま寝ちゃったんです」

そう言う彼女の髪は乱れていて、それでもすごく嬉しそうだった。

「なつきちゃん、ごめんね」

「え。怜さん⁉」

がっくりと頭を垂れた怜に、なつきは産まれ落ちたばかりの命の結晶を抱いたまま歩み寄った。

「肝心な時に側にいてあげられなくてごめんね」

「大丈夫ですよ、事情は知っていますから。あれは仕方がないですよ」

怜はおばあさんを病院に連れて行ったあと処置までの間に、自身の身に起きたことをなつきに連絡していた。そして、出産に立ち会えないことも謝罪していた。その時にはもうなつきは分娩室《ぶんべん》にいたようで連絡は取れなかったのだが、この話し方だと出産を無事に終えたのち、怜からのメッセージを見たのだろう。

なつきは腕の中にいる産まれたばかりの娘に、こう語りかけた。

「かなでちゃん、すごいですねぇ。あなたのお父さんはね、いろんな人の命をたくさんたくさん救ってるヒーローなんですよ」

その言葉に怜は顔を上げる。

「お父さんはね、いつも私のことを笑顔にしてくれるんですよ。寂しかったら抱きしめてくれるし、楽しかったら一緒に笑ってくれるし、嫌なことがあったら私より先に怒ってくれる、頼りになる人なんですよ」

彼女の視線は子供から怜に滑ってくる。

「それでね。私はそんなお父さんが大好きなんですよー」

最後の言葉は怜に対して放たれたものだった。

怜の顔はくしゃりと崩れる。そして、彼女を抱きしめた。

「なつきちゃん、ありがとう」

そのお礼にはいろいろな意味が含まれていた。

こんな自分を許してくれた彼女に対してもそうだし、その上で『大好き』だと言ってくれたこと。励ましてくれたこと。

可愛くて元気な自分たちの子供を産んでくれたこと。

「俺も大好きだよ」

そんな二人の間で、小さな命が泣き出した。

神宮寺《じんぐうじ》——日本有数の通信会社を営む華麗なる一族。その本家には、三人のイケメン御曹司たちがいる。自ら興《おこ》した会社の敏腕社長である長男・陸斗《りくと》、有能な跡取りとして次期社長の座を約束されている次男・成海《なるみ》、人気モデルとして活躍する三男・大《ひろ》空《たか》。容姿も地位も兼ね備えた彼らが、愛しいお姫様を手に入れるために全力を尽くすけど……?

B6判　定価：704円（10%税込）　ISBN 978-4-434-28867-8

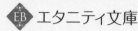

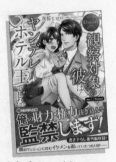

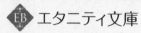

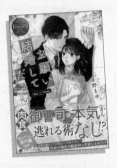

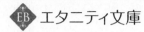

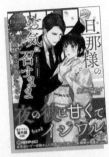

本書は、2019年1月当社より単行本として刊行されたものに、書き下ろしを加えて文庫化したものです。


この作品に対する皆様のご意見・ご感想をお待ちしております。

おハガキ・お手紙は以下の宛先にお送りください。

【宛先】

〒150-6008 東京都渋谷区恵比寿4-20-3 恵比寿ガーデンプレイスタワー8F
（株）アルファポリス　書籍感想係

メールフォームでのご意見・ご感想は右のQRコードから、
あるいは以下のワードで検索をかけてください。

アルファポリス　書籍の感想　検索

ご感想はこちらから

エタニティ文庫

溺愛《できあい》外科医《げかい》とろける寝室《しんしつ》事情《じじょう》

秋桜《あきざくら》ヒロロ

2022年7月15日初版発行

文庫編集－熊澤菜々子
編集長 －倉持真理
発行者 －梶本雄介
発行所 －株式会社アルファポリス
〒150-6008 東京都渋谷区恵比寿4-20-3 恵比寿ガーデンプレイスタワー8F
TEL 03-6277-1601（営業） 03-6277-1602（編集）
URL https://www.alphapolis.co.jp/
発売元－株式会社星雲社（共同出版社・流通責任出版社）
〒112-0005 東京都文京区水道1-3-30
TEL 03-3868-3275
装丁イラスト－弓槻みあ
装丁デザイン－ansyyqdesign
印刷－中央精版印刷株式会社

価格はカバーに表示されてあります。

落丁乱丁の場合はアルファポリスまでご連絡ください。

送料は小社負担でお取り替えします。


ISBN978-4-434-30541-2 C0193